144

Ye   26342

JUSTIFICATION DU TIRAGE

---

2 exemplaires sur peau de veau (vélin),

2 — parchemin,

16 — papier de Chine,

232 — papier de Hollande,

252 Chiffre garanti exact de tout le tirage, y compris les exemplaires de passe & de dépôt, par nous, imprimeur soussigné,

MOUGIN-RUSAND, à Lyon.

LES
FOLIES

DE

DANIEL SAGE

DE MONTPELLIER

Éditées par A. DES MÉNILS

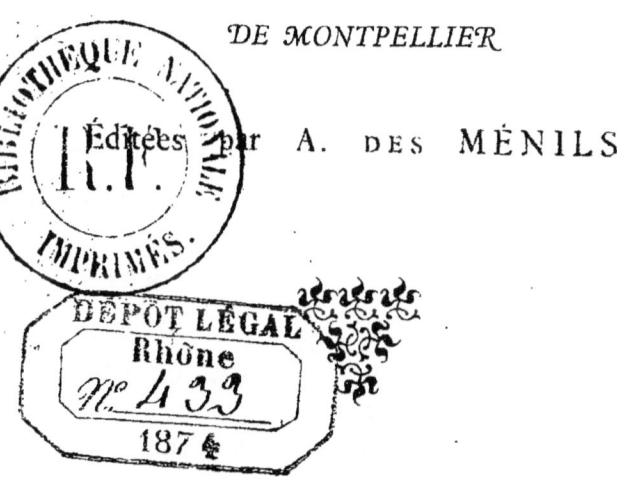

A MONTPELLIER

CHEZ C. COULET, LIBRAIRE-ÉDITEUR

de la Société des Bibliophiles Languedociens

Grand'rue, 5

—

M DCCC LXXIV

COLLECTION DES CENT-QUINZE

de la

SOCIÉTÉ DES BIBLIOPHILES LANGUEDOCIENS

LES FOLIES

DU SIEUR LE SAGE.

AVIS IMPORTANT

La Société, laissant à chaque auteur ou éditeur la responsabilité de ses écrits, déclare ne point accepter la solidarité des opinions énoncées dans les ouvrages qu'elle fait imprimer.

(Statuts, extr. de l'art. Ier.)

SOCIÉTÉ DES BIBLIOPHILES

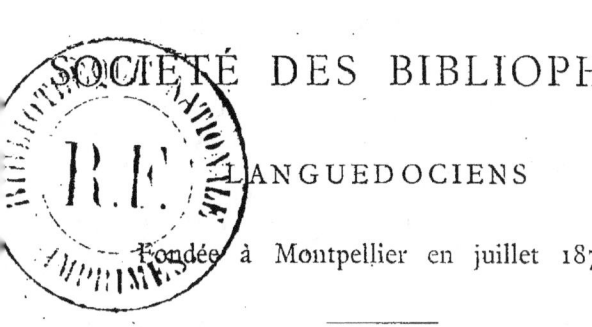

LANGUEDOCIENS

Fondée à Montpellier en juillet 1872

Πλέον ἐλαίου ἢ οἴνου.

EXTRAIT DES STATUTS

ARTICLE PREMIER. — La SOCIÉTÉ DES BIBLIOPHILES LANGUEDOCIENS se propose d'encourager le goût des belles impressions et des livres rares.

Dans ce but, elle publie, sous le titre de : COLLECTION DES CENT-QUINZE, une suite d'ouvrages pouvant intéresser l'histoire, la littérature ou les beaux arts, et convie les bibliophiles, écrivains, artistes et amateurs, sans exception, à lui prêter leur concours.

La *Société*, laissant à chaque auteur ou éditeur la responsabilité de ses écrits, déclare ne point accepter la solidarité des opinions énoncées dans les ouvrages qu'elle fait imprimer.

ARTICLE 4. — I. Deviennent membres fondateurs de la *Société*, les bibliophiles qui souscrivent à un exemplaire sur peau de vélin, parchemin, papier Whatman, papier de Chine ou autres papiers de luxe, de tous les ouvrages parus ou à paraître dans la collection.

II. Les membres correspondants sont les amateurs qui souscrivent à un ou à plusieurs ouvrages en cours d'impression.

Les personnes faisant commerce de livres sont admises dans la *Société*. Elles peuvent souscrire à plusieurs exemplaires du même ouvrage. Les noms de leurs clients sont publiés parmi ceux des membres de la *Société*.

On doit souscrire dans les conditions énoncées au paragraphe 1er de l'article 5. On n'est engagé que pour les volumes auxquels on a souscrit.

III. La *Société* offre le titre de membre honoraire à des personnages notables qui, par leur influence ou par leurs écrits, ont contribué à encourager ou à entretenir le goût de la science bibliographique ou des beaux livres.

IV. Les membres fondateurs, correspondants ou membres honoraires, ne sont jamais appelés à participer aux dépenses de la *Société*. Ils ne doivent aucune cotisation, sous quelque forme que ce soit.

ARTICLE 5. — Des avantages particuliers sont garantis aux souscripteurs des cent-quinze premiers numéros de chaque ouvrage :

A. Seuls ils ont droit au titre de membres de la *Société* ;

B. Leur exemplaire est tiré à leur nom ;

C. Ils sont inscrits : 1º sur la liste des membres jointe à chaque ouvrage ; 2º dans le LIVRET ANNUEL DE LA SOCIÉTÉ DES BIBLIOPHILES LANGUEDOCIENS, paraissant le 15 décembre de chaque année.

Un exemplaire sur papier vergé du livret annuel est envoyé gratuitement à tous les membres de la *Société* souscripteurs des exemplaires sur papier de Chine, parchemin ou vélin, et à ceux de MM. les membres souscripteurs à l'ensemble de la collection.

ARTICLE 6. — Le tirage des livres de la collection est fait sur papier à la forme, des meilleures fabriques de France, d'Angleterre ou de Hollande.

Tous les exemplaires sont numérotés à la presse.

La *Société* emploie pour ses impressions les typographes en renom. Des maisons moins connues et désireuses de s'intéresser aux progrès de l'art reçoivent également les encouragements de la *Société*.

ARTICLE 7. — Le prix des ouvrages varie suivant les dépenses occasionnées par l'impression de chacun d'eux.

PRÉFACE.

OICI en quels termes le montpellié-
rain Serres, officier de la Cour des
Comptes, Aides et Finances, qui vivait
au commencement du XVIIIᵉ fiècle
& qui collectionnait en amateur, plus
qu'en lettré, toutes les traditions re-
latives à l'hiftoire de fon pays, a parlé de l'écrivain dont
nous publions aujourd'hui les différentes œuvres connues : « David Le Sage de Montpellier étoit de la plus
baffe extraction du peuple ; il étoit fils d'un paumier ou
maître de tripot, qui en tenoit un pour faire jouer à la
paume ; il avoit un frere qui étoit armurier & depuis
fon enfance il profeffa la religion de Calvin ; mais la
ville de Montpellier s'étant rendue au roy Louis XIII en
1622 il fe fit catholique & fit des vers facetieux au fujet
de fa convertion ; il n'avoit neanmoins aucune teinture
des belles-lettres, mais il étoit d'une fi belle preftance
& d'un efprit fi doux & avoit une maniere de parler fi
agréable, & étoit fi adroit à toute forte de dances & de
jeux & fçavoit fi bien *pollice fubtili fila movere lyræ*,
que tous les grands perfonnages comme M. de Coligny,
de Chaftillon, de Montmorancy & de Schomberg, gouverneurs de la province, fe firent un plaifir fingulier de
l'avoir à leur compagnie & de le mettre de tous leurs
jeux & de leurs divertiffememens & de le faire manger à

B

leur table, à caufe de fa bonne compagnie & de fon honnefteté, comme s'il avoit efté une perfonne des plus illuftres de la ville.

« Ce Le Sage n'ayant aucune habitation, ni ne poffé- dant aucunes richeffes, étant d'une naiffançe extrémement obfcure, comme il a efté dit, il fçut neanmoins par fon honnefteté, & fes careffes, fi bien acquerir les bonnes graces de la fille de M. le fenéchal de Montpellier, veuve du baron de Salaifon, qu'il fe maria avec elle : mais il fut fi prodigue qu'il dépenfa dans peu de temps, en dé- bauches & au jeu, quafi toutes les richeffes qu'il en avoit eu ; il eut de ce mariage deux enfans mâles tres mal faits, gens de neant & fans efprit, qui moururent dans peu de temps fort miferablement.

« Cet homme fi doux, fi agréable & facetieux, n'ayant aucune étude, mais un genie prodigieux, compofa en patois vulgaire de Montpellier, un livre où il y a plufieurs poëmes, d'un ftile naturel, facile & élegant, qu'il fit imprimer en 1627, quoiqu'il y ait quantité de faletés qui y font mêlées, auquel il donne pour titre & pour intitu- lation : *Las fouliés d'au Sage de Montpelli*, dont les plus belles pieces font, le Mariage de Cagaraulo ; l'Entrée de Madame de Montmorancy à Montpellier ; la Defcription de la pefte qui y arriva, qu'il dédia à M. de Fenoüillet, evêque de cette ville ; & les Amours du berger Flórifée & de la bergere Olive ou les Délices de la Campagne, à la fin duquel il y a fon teftament en vers patois, qui eft un chef d'œuvre, qu'on croit n'être pas de fa compofi- tion, mais bien de M. Roudil, avocat.

« Mais étant devenu vieux & un refte de verole l'ayant rendu disforme, chauve, fans dents, ayant les pieds & les doigts tous tortus, chaffieux, la courte vûë, tremblotant & marchant appuyé fur un bâton, accablé d'une pauvreté

extrème & ayant un vifage horrible, abandonné de tout
le monde, il alla mourir miferablement dans un coin
d'un cabaret, en l'année 1642 & le même jour que les
recteurs de l'hôpital public avoient réfolu de l'y faire
conduire ; & ce fut pour lors que le même M. Roudil,
avocat, dont j'ay parlé, qui l'avoit connu dans fa vieilleffe
& qui prenoit tant de plaifir à lire & entendre fes poëfies,
dans le temps que Le Sage fe difpofoit d'en faire paroître
quelque nouvelle, compofa le teftament de cet homme fi
agreable, dans lequel faifant la difpofition de fon heredité
imaginaire, il s'eft diverti agréablement, & le fit imprimer
en 1650 à la fin du livre de cet illuftre débauché, par
feu M. Pech pere, imprimeur de la ville de Montpellier,
avec un acroftiche, dont les premieres lettres defignent
le nom.

> « *Semper apollinei fors eft certiffima vatis*
> « *Ut trifti pereat funere nudus inops.*

« Ce M. Roudil compofa ce teftament pendant les
vacations, pour donner du relâche à fon efprit, & pour
fecoüer la pouffiere du Palais (1). »

Les principaux paffages à retenir dans cette notice font
ceux qui fe rapportent au portrait phyfique de « l'illuftre
débauché » & à fon mariage. Pour le furplus, ce qui n'eft
pas emprunté aux *Folies*, eft généralement écrit d'après
des mémoires incomplets ou fautifs.

Notre poëte fait de fon père un portrait affez cynique,
dans le «Dialogue d'un Fol & d'un Sage », placé en tête
de fes œuvres. Le nom de cet eftimable paumier n'était

---

(1) *Abrégé de la vie de quelques hommes illuftres*, par M. Serres, Montpellier, 1719, in-8.

pas celui qu'indique Serres, fi nous en croyons le regiftre des actes de l'état civil où fe trouve mentionné le baptême de celui qui fut l'auteur des *Folies* :

« Le mefme [jour] (IXᵉ dudit fevrier Mil Vᶜ LXVII) Daniel filz de Jehan Sage & de Marguerite Flavarde maries a efte prefente par Loys Arnaud & baptife par ledit Mauny (1). »

Sage donc, & non « Le Sage », dit, dans la pièce citée, qu'il eft né un vendredi :

Me fouven ben qu'ero un divendres.

Le 9 février 1567 étant un dimanche, jour réfervé pour le baptême dans la primitive Églife réformée, la date de naiffance du poète doit être fixée au 7 février 1567. Il réfulte encore de l'acte que Sage s'appelait Daniel & non David, prénom que lui donnent Serres & les biographes qui l'ont pris pour guide.

La première édition des œuvres de Sage eft très-rare & ne l'était pas moins du temps de Serres. On va voir qu'il ne la connaiffait que par ouï-dire & d'après des relations erronées. Quoiqu'il n'y ait eu rien d'imprimé avant 1636, Serres donne la date de 1627 comme celle de la publication originale des poéfies de Sage. La preuve de fa méprife eft décifive. Cette édition de 1627, dit-il, contient « La Defcription de la pefte » : or, la date de cette mémorable épidémie eft malheureufement trop connue, & elle eft poftérieure de trois ans à celle que Serres vient de nous indiquer. Il parlait en l'air de cette édition de 1627, la confondant avec celle de 1636, qu'en

---

(1) Regiftres manufcrits des réformés. nᵒ 1. fol. 152, vᵒ, aux archives de l'état civil de Montpellier

effet il n'avait pas vue (1). Ce paſſage de ſa notice ne concorde qu'avec l'édition de 1650, comme on le conſtatera plus loin, dans notre eſſai bibliographique, en comparant ces détails à ceux que nous extrayons des titres & du contenu des éditions.

On ne peut douter que Sage ait vécu, durant la plus grande partie de ſa vie, dans les ſalons de Montpellier. Sa naiſſance, loin d'être un obſtacle à ſon prompt ſuccès, l'aida ſûrement. Son père était à même de lui recruter des protecteurs parmi les perſonnages qui fréquentaient ſon « tripot ». D'ailleurs, enfant de Montpellier, Sage poſſédait, dans ce titre seul, la meilleure des recommandations aux yeux de ſes compatriotes. Jeune homme aimable, bien tourné, « d'une belle preſtance », comme dit Serres, ſpirituel, joueur prodigue, danſeur infatigable, Sage était appelé à réuſſir dans la ſociété diſſipée qui choiſit ſa ville natale pour lieu de réunion, après les fatigues & la rage des guerres civiles. Telles ſont les qualités qui, ſuivant Serres, auraient décidé « la fille de M. le ſénéchal de Montpellier, veuve du baron de Salaiſon (2) », à accepter Sage pour mari. Ce fait, dont on a demandé vainement la confirmation aux regiſtres de

(1) On remarque dans la dédicace à Valat, de l'édition de 1636, la phraſe ſuivante : « Je ſuis tout aſſeuré que vous ne regarderez pas d'un oeil moins favorable cette roſe d'authomne que vous avez fait celles de mon printemps », & l'on en tire cette concluſion que Sage avait peut-être dédié à Valat une édition antérieure. Ne fait-il pas plutôt alluſion à un livret de poéſies manuſcrites offert précédemment, ou peut-être ſeulement à quelque ſonnet ou autre pièce du genre de celles qui figurent dans le volume de 1636?

(2) Pluvier, baron de Salaiſon. Un ſeigneur de ce nom eſt déſigné comme commiſſaire des guerres, en 1568. (Voir les « Ordonnances de Caſtelnau de Guers, gouverneur de Montpellier, 1568-1570 », publiées par les

l'état civil, eſt-il plus vrai que les autres notes biographiques, rédigées avec tant de légèreté? Nous avons lieu
d'en douter, ou, du moins, nous ne l'adoptons que fous
les plus expreſſes réſerves. Le perſonnage que Serres
donne pour beau-père à Sage ne ſerait autre que Jacques
de Saint-Bonnet de Toiras, ſeigneur de Reſtinclières,
élevé à la dignité de ſénéchal par Louis XIII, en récom-
penſe du dévouement de ſa famille à la cauſe royale,
pendant le ſiége de Montpellier. Sage, pauvre & ſans
nom, épouſant la fille d'un des magiſtrats les plus haut
placés de la cité, à une époque où les préjugés ſociaux
brillaient d'un vif éclat, il y a là quelque choſe de bien
difficile à comprendre. La ſeule raiſon à donner, c'eſt
que, aux époques de luttes civiles, les unions diſpropor-
tionnées ſont accueillies avec indulgence ou mieux,
paſſent inaperçues. On pourrait ajouter que Sage parle
en pluſieurs occaſions, non ſans un véritable laiſſer-aller,
des Toiras, au milieu deſquels on ſent qu'il a vécu.
C'eſt à eux, à leurs proches, à leurs amis & partiſans, qu'il
adreſſe le plus grand nombre de ſes élucubrations poé-
ques. Quoi d'étonnant, dira-t-on, à ce que Sage ait
contraété cette alliance dans une maiſon dont on le voit
commenſal durant près de vingt ans, au milieu des
Montmorency, qui le choyent, des Châtillon, qui le
protégent, des Valat & des Fenoillet, dont il eſt le con-
fident? Il y a, quelque part dans les *Folies*, un certain
ſeigneur de Lauſelergues que Sage appelle ſon couſin :
cette parenté ne peut lui être tombée que par mariage.

Chroniques de Languedoc, revue hiſtorique & bibliographique du Midi, par
M. de la Pijardière, Montpellier, Coulet, 1874, in-4°, p. 102.) Le 12 avril
1640, Claude de Saint-Bonnet de Toiras, ancien évêque de Nîmes, frère de
Reſtinclières, acheta la juſtice des lieux de Caſtelnau, le Crès & Salaiſon.

Quoi qu'il en foit, celui de Sage ne fut point heureux ;
le poète ne parle de fa femme que pour s'en plaindre
& par dérifion. Il en eut plufieurs enfants, qui ne vécu-
rent guère. Serres mentionne deux fils contrefaits, morts
miférablement. Nous croyons qu'il fe trompe encore
& qu'il entend défigner cette fille aînée enlevée à Sage
en même temps que fon frère, fils chéri du poète, pendant la pefte de 1629. Ainfi Serres accumule bévues fur
bévues, fans s'inquiéter des contradicteurs. Peut-être n'en
trouva-t-il pas & les affertions hafardées de fa notice
furent-elles agréées complaifamment par fes contemporains.

Un témoin inattendu de l'exiftence de Sage eft venu
ajouter un détail à cette efquiffe incomplète. On fait que
Tallemant des Réaux connaiffait admirablement fon
Languedoc, ayant reçu les confidences de Gédéon Tallemant, magiftrat de Montpellier & fin obfervateur, dont
la mémoire était un tréfor de fouvenirs. L'hiftoriette que
voici fe rapporte évidemment à notre homme : « Un
nommé le Sage, écrit-il, fe fit catholique, moyennant
quoy M. de Montmorency luy donna deux cents piftolles,
un cheval & une place de gendarme. M. le Faucheur
(miniftre proteftant de l'Églife de Montpellier) lui dit :
« Or ça, ne fçavez-vous pas que noftre religion eft la
« meilleure ? » — « Auffy, dit cet homme, ay-je pris
« du retour (1). » Cette anecdote ne peut avoir trait
qu'à l'auteur des *Folies*; tous les détails coïncident.
Ne connaiffons-nous pas les bons rapports de Sage avec
le maréchal, l'affection de ce dernier pour l'auteur de

---

(1) Tallemant place ce bon mot au chapitre de fes *Hiftoriettes* intitulé :
« Contes & naïvetés », à la fuite d'un trait relatif à « une femme de
Montpellier ».

tant de fonnets & de fixains à fa louange. Cette place de
cavalier, à la fuite, fans doute, de fon protecteur, était
honorable & lucrative ; Sage n'eut garde de la refufer.
Sa mufe, toujours éveillée, n'était-elle pas pour lui rendre douces les rigueurs du fervice militaire ? Quant à la
converfion de Sage, c'eft l'événement le moins inconnu
de fa carrière. Serres le mentionne & les *Folies* le com-
mentent. M. Noulet (1), qui fe heurte à toutes les fan-
taifies bouffonnes de Sage & qui même les exagère dans
une intention excellente (cet homme grave & ce farceur
ne font décidément pas faits l'un pour l'autre), fe réjouit
de la chofe en ces termes : « Il ne ferait pas impoffible
que Sage, après avoir vieilli & être devenu, de huguenot
qu'il avait été, caholique zélé, finon catholique fervent,
fe fût amendé fur la fin de fa vie. On peut, tout au
moins, s'arrêter à cette fuppofition, après avoir lu les
vers adreffés par lui à l'évêque de Montpellier. Ils accu-
fent des regrets fur fes faibleffes paffées. » Malheureufement, les dernières rimes de Sage ne prouvent pas qu'il
fe foit amendé d'une façon notable ; même en tendant
la main, le fatirique perce.

Sage vécut jufqu'à foixante-quinze ans. L'année 1642
vit auffi difparaître un de fes frères, Pierre, maître four-
biffeur d'épées, fon aîné de trois ans (2). Les regiftres

---

(1) *Effai fur l'Hiftoire littéraire des patois du midi de la France, aux
xvi⁰ & xvii⁰ fiècles,* par le docteur Noulet (de Touloufe). Paris, Techener,
1859, in-8.

(2) Nous devons ce renfeignement à M. L. Gaudin, confervateur-
adjoint à la bibliothèque du mufée Fabre, auteur d'une étude littéraire fur
Daniel Sage & curieux des antiquités & de l'hiftoire de fon pays.
M. Gaudin a fait des recherches approfondies dans les regiftres de l'ancien
état civil de Montpellier & met fes notes à la difpofition des chercheurs
avec une bonne grâce peu commune.

de l'état civil des réformés de Montpellier, contiennent relativement à des membres de cette famille, d'autres mentions, qu'il a semblé peu intéressant de relever.

Depuis Serres, quelques critiques se sont occupés de la personnalité de notre poète. Nous allons en citer plusieurs, regrettant de ne pouvoir compter dans cette liste les Biographies dites « générale, » « universelle,» &c., aux oreilles desquelles son nom ne paraît être jamais arrivé.

D'Aigrefeuille, toujours consciencieux, avait lu les *Folies*. Il en cite quelques passages, mais il ne nous dit rien qui ne soit extrait de cet ouvrage, édition de 1650 (1).

Sa courte notice a été recueillie par Moreri (1759, t. IX, 2e partie, p. 22), Philippon La Madeleine (*Dictionnaire portatif des Poètes français*, 1805, p. 388), Prudhomme (*Dictionnaire historique*, 1811, t. XV, p. 390).

Enfin, le savant érudit bordelais, M. Gustave Brunet, vint tirer Sage de l'oubli où l'avaient jusqu'alors laissé les bibliographes (1). Ses remarques, écrites très agréablement, contiennent une analyse fidèle de l'édition de 1650. Sage reparaît sous son véritable nom. Le jugement porté sur l'ensemble de ses œuvres, juste & modéré, est ce qui convient :

« C'est dans les sujets satyriques, badins, que Sage réussit le mieux ; alors sa phrase devient parfois colorée,

---

(1) *Histoire de la ville de Montpellier*, t. II, 1739, in-fol., p. 377. Une édition de cet ouvrage important est en cours d'impression, par les soins de notre *Société des Bibliophiles languedociens*, sous la direction de son président, M. de la Pijardière. (*Collection des Cent-Quinze*, format in-4, 4 vol., C. Coulet, libraire-éditeur.)

(1) *Notices & extraits de quelques ouvrages écrits en patois du midi de la France*. Paris, Leleux, 1840, in-16, p. 66-78.

C

pittorefque. Nous fommes tentés de lui appliquer le jugement qu'un de nos plus habiles écrivains a porté d'un autre poète, refté à l'état d'embryon pour la poftérité, puifqu'il n'a point été imprimé (Claude de Chaulnes) : « Il eft naturel jufqu'à la trivialité, il eft gai « fouvent jufqu'à la folie. » Mais il y a là deux points reconnus qui me femblent d'importance : il eft naturel & gai... Le Sage, Michel & quelques autres rimeurs patois nous femblent des defcendants, des bâtards peut-être de Regnier; nous apercevons chez eux ce que l'habile auteur des *Critiques & Portraits littéraires* a fi bien reconnu chez ce fatyrique : une converfation brufque, franche & à faillies, nulle préoccupation d'art, une bouche de fatyre, aimant encore mieux rire que mordre, des récits enfumés de taverne & de mauvais lieux. Notre poète fe retrouve dans fon élément lorfqu'il fait parler les femmes du coin de la rue ou les *chambrieiros;* c'eft la bergère Olivo, c'eft la jeune Efteveno, fort fatisfaite de fe marier; nous aimons mieux l'entendre ufer en riant de ce langage populaire, que s'il chantait de ces amours de convention, toujours glacés. On aurait tort de croire que Le Sage fût dépourvu d'une certaine inftruction : il fait parfois des allufions mythologiques, il décrit longuement les fept merveilles du monde antique, il mentionne honorablement Balzac, il nomme une foule de romans de chevalerie; Rabelais ne lui était pas étranger.»

A part quelques lignes, où M. Brunet oublie que Sage écrivait dans une ville habitée naguère par Rabelais, dont le nom était préfent à la mémoire de tous, & qu'il vivait dans un cercle poli, où les allufions littéraires trouvaient pour les entendre des intelligences d'élite, il n'y a rien à reprendre à ces réflexions judicieufes.

M. le docteur Noulet, vingt ans après M. Brunet, &

critique local, ne partage pas l'indulgence de fon devan-
cier. Dans fes remarquables portraits des poètes populaires du Languedoc, déjà cités, il confacre une page à
D. Sage & ne peut fe décider à lui reconnaître une ombre
de talent. « Nous ne comprenons pas, dit-il, l'engouement de Montpellier pour fon poète du xviie fiècle. »
À peine trouve-t-il paffable l'élégie :

Dins l'efpeffou d'un bofc, &c.

M. Noulet ne voit dans Sage qu'un libertin fans diftinction, indigne d'occuper fes inftants. Il paffe à côté du poète
improvifateur fans rendre juftice à fa verve & à la naïveté
de fes badinages, dans cet idiome qu'il a illuftré du
premier coup.

Récemment Montpellier, à fon tour, a prononcé fon
jugement fur Sage, par la bouche d'un philologue ingé-
nieux, patriote au-deffus de tout, avec les nombreufes
qualités & les quelques défauts qu'engendre l'amour
exclufif du fol natal. A notre avis, M. Gaudin craint de
trop accorder à Sage. On conftate tout enfemble & le
prix qu'il y attache & la crainte qu'il éprouve de forcer
la louange. Au milieu de ces héfitations, la véritable
opinion du critique ne fe fait pas jour :

« Sage eft trop franchement du peuple : la fréquenta-
tion des grands feigneurs a bien pu développer en lui
cette preftance & cette diftinction que les contemporains
fignalent en fa perfonne, mais fon vers garde la marque
indélébile de fon origine. S'il a du naturel & de la
rondeur, il manque de grâce & de délicateffe ; & quand,
par hafard, un grain de fel attique s'y fait fentir, il pro-
duit tout l'effet d'une diffonance. Sa mufe débraillée fe
complaît trop, au refte, dans des écarts qui font impar-
donnables; quand, au lieu d'accufer une fimple débauche

d'efprit paffagère, ils deviennent, en quelque forte, le cachet d'un auteur. Auffi la critique ferait-elle en droit de demander un compte févère à fes œuvres, à caufe de l'engouement dont elles furent jadis l'objet, fi elle n'avait à fe fouvenir, comme circonftance atténuante, que fes *Folies* ont ouvert la carrière aux autres poètes de notre contrée, & qu'en réalité, cette vogue procédait moins de fon mérite que de l'amour-propre furrexcité des Mont-pelliérains, flattés & jaloux d'avoir leur poète patois, comme Touloufe & Béziers avaient le leur. »·

Nous croyons, au contraire, qu'après avoir établi lar-gement la part des fautes littéraires du poète (1), des fcandales de fa vie & des écarts de fa mufe, on peut, avec autant de fincérité, faire état des côtés folides de fon talent : fa gaieté eft entraînante & communicative (2); fes tableaux font quelquefois groffiers, mais quelques-unes font du comique le plus franc. Il y a, dans « La mort de l'Efpérounat » (p. 63 à 89), un certain magicien qu'aurait avoué Molière. Les navigations fan-taftiques de Caramantran, les aventures nuptiales de Cagaraulo font racontées d'une façon tout à fait amufante, avec l'éclat & les foubrefauts de l'humour. Voilà, en toute vérité, notre fentiment fur Sage & l'impreffion que la lecture attentive & renouvelée de fon œuvre nous a laiffée. Loin de conclure comme M. Gaudin, nous recon-naiffons à Sage un vrai mérite, non compris celui d'être

---

(1) Sage, qui compofait en fe jouant & ne s'eft peut-être jamais relu, n'eftimait pas à grand prix fa mufe :

......· *Soun rude lengage*
Ni foun ftil n'ès pas caufo de grand valou.
(P. 141.)

(2) Excepté dans fes compofitions orduricres, où nous avons peine à reconnaître notre conteur, devenu banal.

le premier en date des poètes de Montpellier. A notre humble avis ; s'il leur a montré le chemin, il eft auffi refté à leur tête. Il peut, quoi qu'on dife, fupporter la comparaifon avec les meilleurs fantaififtes de la littérature méridionale. Plus endiablé que la plupart d'entre eux, plus inftruit auffi, on fent battre un cœur fort fous les accoutrements de fa mufe vulgaire. Le fecret de fa réuffite eft là ; c'eft celui de l'eftime que lui ont vouée fes compatriotes, capables de l'apprécier & qui ont porté fur lui, de prime abord, le jugement le plus flatteur. Roudil; un génie ignoré, certes l'égal de fes plus illuftres contemporains, Roudil le falue « célèbre poete » ; il eft l'interprète de la fociété de fon temps, lorfque, rédigeant fon teftament (1), il lui rend l'hommage que l'on fait (2).

Sage eft un luron, un franc bohème, dans le fens où nous prenons ce mot : enfant perdu des mufes, vivant au jour le jour, fans fouci du lendemain, type qui fe renouvellera éternellement. Ils cherchent de la force, ces infenfés, dans leurs extravagances ; puis, fe laiffant peu à peu dominer par les fens, ils terminent leur vie dans les tortures qui font la récompenfe de l'abus des jouiffances matérielles. Villon & Mathurin Regnier marchent à la tête de ce bataillon des génies folâtres, où notre Alfred de Muffet s'eft enrôlé avec tant d'infouciance, victime des mêmes entraînements. Ce n'eft point à nos contempo-

---

(1) M. Guftave Brunet eft excufable d'attribuer à Sage, dans l'ouvrage ci-deffus cité, le « Teftament » compofé par Roudil. Déjà, fans parler de Villon, bien des poètes n'avaient-ils pas foumis à la curiofité du lecteur. nombre de pièces littéraires intitulées de même ?

(2) Nous ne connaiffons que Roudil , élève & admirateur de Sage , en droit de lui difputer la première place, & peut-être, en effet, la gardera-t-il lorfqu'on l'aura apprécié, grâce à l'édition qui va paraître dans la *Collection des Cent-Quinze.*

rains qu'il faut décrire la tribu des bohèmes ; elle a
compté tant d'illuftres & d'aimables héros, dont la vie eft
légendaire, qu'il leur eft très-facile de fe repréfenter Sage
au milieu de la fociété littéraire et fans gêne de la capitale
du bas Languedoc. Il y a cependant cette différence, à
fon honneur, qu'il fait fe plaire & fe tenir dans « le
monde comme il faut », ce monde que nos bohèmes
dédaignent & confpuent. Sage n'a pas dreffé d'embûches
aux « Philiftins » ; il s'eft plû parmi eux ; il a mêlé fes
rires aux leurs, & la gratitude qu'il était en droit d'attendre s'eft exercée à fon égard. Son billet de logement
était figné pour l'hôpital quand la mort le furprit.

Ainfi rien ne manque à fa gloire, ni l'obfcurité de la
naiffance, ni l'éclat des jeunes années, ni les aventures
des belles nuits, ni la popularité de la rue, ni les haillons
de la mifère, ni les épouvantes de la vieilleffe, ni les
tortures du mal, ni le mépris de la foule. Il fera jeté à la
borne comme un vil bouffon, le jour où il aura ceffé
de rire.

C'eft là que Roudil, admirateur paffionné de ce grand
pareffeux, le ramaffe. Il entreprend la tâche de le faire
revivre & y réuffit. La mort avait laiffé Sage dans un
carrefour obfcur, Roudil lui élève un monument &
l'immortalife.

Après les fecouffes des guerres civiles, un immenfe
befoin de repos s'impofait à tous. Catholiques & réformés
ne vifaient plus qu'à une chofe : bien vivre & fe réjouir.
Ce fut pendant longtemps la devife de Sage, comme celle
de fes concitoyens. A Montpellier, cette époque de
renaiffance galante a une date précife : elle commence à
la fin de 1622, immédiatement après le fiége. Sage en
fera le héros bruyant, encore paffionné. Malheureufement
l'heure de la décrépitude était proche ; ce regain de

jeuneffe emporta irrévocablement les dernières reffources
de fa fanté. A peine aura-t-il dix bonnes années, fur
vingt qui lui reftent à vivre, pendant lefquelles il recueil-
lera le dernier foupir de fes enfants & affiftera à la chute
de fes protecteurs. Sage reparaît, nouveau converti, in-
fouciant & gai comme jadis, comme jadis auffi favori des
gens de guerre & des rois du jour; mais arrive l'hiver
de 1629-1630, où la pefte décime le bas Languedoc
& brife le cœur du pauvre père. Puis, ce ne font plus
qu'épreuves fur épreuves, fans parler de fes comptes avec
Vénus & des affres qui l'aiguifent.

Deux ans après, chute nouvelle & ce fera la fin.
Tous fes proches prennent parti pour Montmorency,
dans la révolte de ce jeune étourdi contre Louis XIII
& Richelieu. Les Toiras, les Peraut, ces braves qui l'ho-
noraient de leur fympathie, tombent en difgrâce, perdent
leurs dignités, font dépouillés de leurs biens. Autour de
lui, abandon abfolu; voyez; trouvera-t-il à qui tendre la
main? Il eft réduit à faire appel à la pitié des nouvelles
puiffances, à chanter Schomberg après Montmorency,
pour gagner le morceau de pain qui le foutiendra quelques heures de plus. Qu'il eft changé notre hôte bruyant
d'autrefois! Caramantran & l'Efperounat, maintenant
roulés dans le même fuaire, font muets à toujours.
« L'obole, Monfeigneur, & prierai Dieu pour vous! »
voilà le refrain du joyeux compagnon des Valat, des
D'Aubais & des Montmorency.

Sage a traité fon exiftence comme un jeu de mots
dans lequel fon nom aurait fervi d'antithèfe. Naître fage
eft bien, vivre fol eft mieux. Quelle tentation!

Nous avons cité Mathurin Regnier, fon contemporain,
ainfi que lui forti d'un tripot. Tous deux en firent leur
école; auffi leurs œuvres ont-elles une analogie fignifi-

cative. Leur genre d'esprit se ressent des lieux qu'ils
aimèrent ; leur langue est tout imprégnée des souvenirs
du premier âge. Leurs vices d'origine se sont développés
naturellement. Tous deux, grossiers à souhait, connais-
sent l'art difficile de charmer à la fois les ruelles & les
tabliers des halles. Choyés du haut en bas de l'échelle
sociale, ils ne se sentent pas assez forts pour planer au-
dessus des polissonneries en vogue, &, sans partialité, je
déclare Sage plus excusable de beaucoup que son illustre
co-rival le chanoine Chartrain. Dans le Midi, les habi-
tudes soldatesques, contractées au milieu des émotions
continuelles de la guerre, dominaient. Montpellier, autant qu'aucune autre cité, avait dû se façonner à ces
mœurs. Pendant plus de dix années, ville d'otage des
réformés, toujours sur le qui-vive, les hommes comme
les femmes maniant l'arquebuse, en plein remue-ménage
politique & religieux, c'est la parfaite image d'un camp.
On ne s'imagine point assez la licence d'idées qu'engen-
drent ces crises. Il faut lire dans les factums populaires
les impressions développées par ces luttes de tous les
instants, où, dans les familles mêmes, c'était à qui en
viendrait aux mains, où le prêtre ne pouvait sortir &
bénir qu'entre deux haies de soldats armés jusqu'aux
dents & la mèche allumée. En pareil siècle, le berger ne
soupire pas des couplets à Chloris. La passion s'exprime
sans figures, en termes blessants pour nos sens délicats.
Il faut, pour juger ces époques enfiévrées, nous rapprocher en pensée de la fournaise ardente que l'on nomme
le XVIe siècle & faire rudement violence à nos naturels
de rentiers satisfaits.

On reproche à Sage, écrivain patois, l'emploi trop
fréquent des mots français. A notre avis, en cette cir-
constance, il ne fait que témoigner de leur usage dans la

langue journalière au xviie fiècle. Sage ne s'amufait pas
à approfondir les arcanes de la philologie. Cette préoccupation des origines nuit fort à nos modernes ; ils ont
trop fouvent fous les yeux, comme un nouveau *Mane,*
Thécel, Pharès, ces mots bien autrement effrayants : Qu'en
dira l'érudition ? Le fpectre de la critique trouble leurs
rêves ; leur marotte eft une férule, leur Apollon femble
une ombre de bénédictin. Au lieu de s'abandonner aux
caprices de leur imagination, d'errer avec la vagabonde
dans les profondeurs du bleu, ils emploient leur Pégafe à
tracer un maigre fillon fur les terres arides de Sauvage,
de Raynouard, &c. La langue dorée des troubadours eft
affez riche, les vrais infpirés qui la parlent fans effort
font affez puiffants, les amis de leur talent font affez
nombreux, pour qu'une réaction prochaine ne vienne pas
renverfer les entraves fous l'amas defquelles la vraie
mufe méridionale, avec fon ecclectifme, mais auffi fa
naïveté & fa grâce, ne tarderait pas à fuccomber.

Cette critique eft un hommage, non un blâme à
l'adreffe des études philologiques. Ce qui nous femble
dévoyé, ce ne font pas les efprits fagaces, les patients
inveftigateurs qui pâliffent fur l'hiftoire de nos dialectes,
mais ceux de leurs difciples qui, en dépit de transforma-
tions inévitables, veulent régénérer de force l'idiome, par
un brufque retour à la grammaire & aux lexiques du
paffé. Plus les études des favants font approfondies, plus
la tentation faifit les pafticheurs ; encore ce mot n'eft-il
pas exact, parce qu'un amour immodéré de néologifme
enlève tout caractère à des compofitions longuement
travaillées & qui, ce défaut écarté, pourraient, dans leur
efpèce, être préfentées comme des modèles.

Retournons à Sage, à Roudil, à Michel, à Bellaud & à
quelques autres génies de la même pléiade. Voilà les vé-

ritables poètes, les francs, les gais revenants qu'il fait
bon fuivre. Il refte dans le premier matière à nombre
d'obfervations & de recherches, que nous n'avons pas
même pu fignaler. Le philologue, le critique trouveront
ci-après un champ d'obfervations des plus vaftes. Les
exemplaires des *Folies* étaient rares, nous les avons mul-
tipliés : c'était notre devoir de bibliophile. Il refte à
éclaircir, à rectifier, à corriger ; autre befogne pour les
experts ès langues romanes, nos maîtres, à qui nous
dédions refpectueufement cette réimpreffion.

BIBLIOGRAPHIE

Lifte chronologique des précédentes éditions des Folies.

*Les folies du fieur Le Sage dediees a monfieur Valat, gou-
verneur du chafteau de Montferran.* A Montpellier, par
Jean Pech, imprimeur ordinaire du roy & de la ville,
M DC XXXVI. Avec permiffion. Petit in-8 de XVI-170 pages.

Les feize premières pages ne font pas chiffrées & contiennent les pièces liminaires que nous avons réimprimées ci-après, p. 167-177. Les autres, à partir du
Dialogue d'un fol & d'un fage (p. 1), font imprimées
dans l'ordre qui a été obfervé depuis & que nous avons
confervé. Sur le verfo de la page qui fait face à cette
première pièce (p. XVI des pièces liminaires), fe trouve
une petite gravure fur bois, repréfentant une tête de
fatyre cornu, qui caractérife le génie égrillard du poète
montpelliérain.

Las foulies dau Sage de Mounpelie. Reviflos e augmentados de diverfos pieffos de l'autur. Embé fon teftamen obro tant defirado. (Sans lieu), M DC L. Petit in-8 de 208 pages, paginées de 1 à 208.

Les pièces liminaires, qui occupent les p. III-XVI de l'édition de 1636, ne font pas au complet dans celle-ci ; il y manque le fonnet : *Bon-jour, Sage, bon-jour* (voyez ci-après, p. 175), & le quatrain : *Vous me difez toufiours* (ci-après, p. 177). En récompenfe, à partir de la p. 185, fe trouvent de nouvelles œuvres, intitulées : *Diverfos pieffos trouvados apres la mort de l'autheur* (ci-après, p. 178). Roudil paffe pour l'auteur de cette édition, ce qui refte à prouver, les fautes typographiques étant très-nombreufes, même dans les trois morceaux qui font de lui & qu'on peut avoir imprimés contre fon gré : *Lou teftament dau Sage* (1), *Epitaphe* & *L'imprimeur au leƈeur.* Ces ingénieufes compofitions étaient, depuis huit ans, très-populaires à Montpellier, où il en circulait de nombreufes copies. Nous ne leur avons pas donné place dans notre édition, par cette raifon qu'elles vont être publiées avec les œuvres de Roudil & que leur réimpreffion aurait fait double emploi. Difons feulement que, fur le titre de

---

(1) Quoique le *Teftamen dau Sage* figure parmi les œuvres de Roudil on pourrait encore douter qu'il en foit l'auteur & croire qu'il a accueilli cette pièce dans fon recueil manufcrit, à caufe de la valeur qu'il lui reconnaiffait ; mais bientôt il prend foin d'en revendiquer la paternité & il s'en montre fier. Il s'adreffe à M de Bezons & lui expofe en raillant fes titres de nobleffe, à un moment où des recherches fe faifaient dans la province pour démafquer les faux nobles, & il dit :

« Dounquos l'aƈe pus autentiquo
Mounfeignou qu'el vous couminiquo
Es lou teftamen renoummat
Que fur lou Sage el a rimat. »

l'*Epitaphe*, dans le manuscrit, Roudil qualifie Sage « poito celebre de Montpelié ». Le teftament eft daté « dernier decembre 1642 ».

Les folies du fieur Le Sage de Montpellier. Suivant la copie de Montpellier. A Amfterdam, chez Daniel Pain, marchand libraire fur le Voor-Burgwal, proche du Stil-fteeg, M DCC. Petit in-8 de 196 pages, formant la première moitié du tome II du *Recueil des Poètes gafcons*, imprimé par Daniel Pain, 1 vignette.

On n'a pas tenu compte, dans cette édition, des pièces liminaires de l'édition de 1636, ni des *Diverfos pieffos* du texte de 1650. Sauf ces différences, cette troifième édition reproduit les deux premières & vaut beaucoup mieux, au point de vue de la correction : la plupart des fautes typographiques ont difparu ; la ponctuation a été foignée. Ces améliorations relatives nous ont decidé à choifir le volume de 1700 pour notre réimpreffion, en notant toutefois les principales variantes & leçons exiftant dans les autres textes.

En éditant les écrivains patois du XVIIe fiècle apparte-nant à cette région, il eft maintenant d'ufage de changer les définences. Nous ne nous fommes cru aucunement autorifé à fuivre les fauteurs de cette révolution ortho-graphique. Dès le commencement du XVIIe fiècle, on employait la finale *o* pour caractérifer le genre féminin & la troifième perfonne du fingulier des verbes. Si cette habitude n'exiftait pas en parlant, elle était certainement générale par écrit ; les œuvres patoifes imprimées en font foi. Quoi qu'on en dife, Roudil, philologue à fes heures & qui avait compofé un dictionnaire de la langue vulgaire de Montpellier, eft un meilleur juge que nous, & il ne

nous eſt pas permis, en préſentant Sage à nos contemporains, de l'habiller à notre guiſe. Nous trouvons, ſur ce
ſujet, des réflexions très-ſenſées & des recherches inté-
reſſantes dans un opuſcule qui date de quelques années
& devenu rare (1).

L'auteur commence par conſtater que l'*o* apparaît pour
la première fois dans les terminaiſons féminines en 1616,
c'eſt-à-dire pendant la première partie de la vie de Roudil
& les ſuccès de Sage :

« A cette époque, l'*a* n'avait pas un ſon plein, mais ſe
prononçait de manière à produire un ſon douteux entre
cette voyelle & l'*e* muet ; en ſorte que, dans l'écriture, la
déſinence féminine était repréſentée indifféremment par
l'une ou l'autre de ces voyelles. Il paraît qu'au XVIIe ſiècle l'uſage de l'*o* était général dans les provinces méri-
dionales & que cette voyelle fut, dans le ſiècle ſuivant,
remplacée par l'*a*, dans une partie du bas Languedoc.
Sage & Roudil, tous deux originaires de Montpellier, ont
employé la finale en *o*. Martin, dans les *Loiſirs d'un
Languedocien*, nie que ce changement ait jamais eu lieu
dans le langage de cette ville & regarde la dérogation à
l'ancienne proſodie, dans l'impreſſion des œuvres de
Sage, comme un fait de l'éditeur. Cependant (continue
M. Sabatier), j'ai vu toutes les déſinences de ce genre
en *o* dans un manuſcrit des œuvres de Sage, que poſſédait
M. Fontanel, libraire à Montpellier, & qui me parut aſſez
ancien, s'il n'était même un autographe de l'auteur, ainſi
que le prétendait ce libraire, & que diverſes corrections
dans le fond de l'œuvre autoriſent à le croire (2).

---

(1) *Poéſios biterouèſos dés* XVIIe *&* XVIIIe *ſiècles compouſados per diverſes
autous* (par Sabatier). Béziers, Millet, 1842, in-8.

(2) Il nous paraît difficile à admettre que ce manuſcrit fût de Sage.

« Le fait eft qu'on ne trouve, dans les écrivains, aucune trace de l'*o* jufqu'au XVIe fiècle. A la date que nous avons rappelée, l'*a* bref litteraire fut remplacé par l'*o* vulgaire, fur tous les points où le peuple l'avait primitivement adopté, tandis que l'*a* refta fur tous les points où il avait été primitivement vulgaire & littéraire. »

Daniel Pain, le libraire chez lequel fut publiée, à Amfterdam, l'édition de 1700, était fils d'un réfugié fran-çais. Quoique originaire du Poitou (fon père était miniftre à Fontenay-le-Comte avant la révocation), il devait être lié avec grand nombre de fes compatriotes venus du Midi & notamment du bas Languedoc. Ce font ces circonftances qui nous expliquent le peu de fautes typographiques exiftant dans ce volume, imprimé en Hollande. Il fut probablement corrigé par des gens de lettres familiers avec la littérature méridionale. En 1688, D. Pain le père était infcrit au nombre des prédicateurs qui prenaient la parole dans la chaire de la nouvelle églife wallonne d'Am-fterdam. Il avait pour collaborateurs : Jean Darnatigues, de Carmaing ; François Imbert, de Sénégas ; Jacques Verdier, de Caffignoles aux Cévennes ; Pierre Ifarn, de Montauban ; Pierre Dubourg, de Saint-Jean-de-Marvéjols ; Élie Rivols, de Puylaurens ; Jacques Vignier, de Réal-mont. Parmi tous ces Languedociens, il s'en eft bien trouvé certes pour l'aider dans fes publications (1).

M. Sabatier fera tombé fur le *Teftament*, attribué jufqu'à ces dernières années à l'auteur des *Folies :* de là l'erreur. Notre manufcrit de Roudil doit être l'ouvrage que poffédait Fontanel & qui frappa l'attention de l'éditeur des *Poéfios bitcrouéfos.*

(1) « Noms des 38 miniftres réfugiés dans la ville d'Amfterdam, avec l'ordre dans lequel ils prèchent & le nom de l'églife où ils étoient pafteurs. » (Document cité par M. J.-P. Hugues, dans le *Bulletin de la Société de l'Hiftoire du Proteftantifme français,* t. v, p. 371.)

La vignette repréfente un fatyre aux cornes démefu-
rées, appuyé contre un tertre & compofant des vers,
qu'il tranfcrit à mefure fur fon « rolet ». Dans un coin,
un ferpent, caractérifant l'envie, fe cache à demi fous les
ronces. Nous avons reproduit cette gravure, qui rappelle
affez heureufement le génie & les hardieffes de Sage.

*Las foulies dau Sage de Mounpelié reviflos è augmentados
de diverfos pieffos de l'autheur. Embé fon teftamen obro tant
defirado.* A Amfterdam, chez Nicolas Deborde, au Palais,
M DCC XXV. Petit in-8 de 210 pages, les quatorze premières non chiffrées.

Réimpreffion de l'édition de 1650, avec des change-
ments dans l'orthographe de certains mots & quelques
variantes. Au demeurant, impreffion des plus défectueu-
fes, en caractères ufés, en maints endroits illifibles.

Nous avons dû la communication des éditions de Sage
& de la plupart des ouvrages que nous avons cités à un
bibliophile montpelliérain, auffi bienveillant que labo-
rieux, dont toutes les perfonnes qui s'occupent de biblio-
graphie en Languedoc connaiffent & louent l'inapprécia-
ble obligeance. Nous craindrions, en le nommant, de
choquer fa modeftie ; mais, par ce portrait fincère, ne
l'avons-nous pas défigné & fait reconnaître clairement ?

NOMS

DE PERSONNES CITÉS DANS LES *FOLIES*

(Table alphabétique annotée)

ANDRÉ, dit Coquillard (Pierre), p. 164.

ASSAS (d'), 150. Timothée de Monchal, feigneur d'Affas, tréforier de France, époufa Anne de Pinel, fille d'un premier préfident à la Chambre des Comptes de Montpellier. Il fit ériger une chapelle dans l'églife du couvent de l'obfervance de Montpellier & y fut enterré, ainfi que fa femme.

AUBAIS (le baron d'), 148. Capitaine au fervice des chefs réformés, il fut bleffé en février 1628, dans un combat près de Nîmes, contre les troupes du duc de Ventadour. En 1630, il menait joyeufe vie à Montauban. Il figure parmi les amoureux que Tallemant donne, à cette époque, à la belle Mme de Gironde. En 1632, on le trouve commandant une compagnie de chevau-légers, fous le maréchal de la Force, dans le parti hoftile à Montmorency.

AUGER GAILLARD, 174. Poète de Rabaftens, en Albigeois (dernière moitié du XVIe fiècle), auffi licencieux, pour le moins, que Sage. Ses œuvres ont été plufieurs fois réimprimées.

BELLAUD, 174. Louis Bellaud de la Bellaudière, d'Aix, poète patois de la fin du XVIe fiècle.

BOURNIER, 166. Philippe Bornier, lieutenant particulier au gouvernement de Montpellier (1624-1660), père du jurifconfulte de ce nom.

BOUSSUGE, 137, 138. Jacques de Boüffuge, fieur d'Agnac & de Mujolan, du parti de la cour, député de Montpellier aux États de Languedoc, à Pézenas, en 1632.

BOYER, 61, 162. Ce particulier, que Sage appelle fon « grand diable d'ami », devait être un des bons compagnons de Montpellier au temps des *Folies*. Serait-ce un certain capitaine Boyer, qui figure à une fête donnée au duc d'Halwin, en 1634? (D'Aigrefeuille, 1, 403.)

CALVET, 156. Calvet cumulait les finances & les armes, tréforier de France en la généralité de Touloufe, par ceffion en fa faveur de Germain Delzère, en novembre 1621, il fut nommé à ce pofte par le roi, « au camp devant Montpellier, le 27 feptembre 1622 ». On le rencontre enfuite à Leucate (1637), commandant les dragons de Touloufe.

CARLENCAS, 158. Jean d'Etienne, fieur de Carlencas, célèbre défenfeur de Montpellier, en 1622, celui que Montmorency fit prifonnier & commit la fingulière méprife de donner en garde à fes propres foldats.

CASTRIES (baron de la Croix de), 147. Ce perfonnage fe diftingua dans les guerres d'Allemagne & de Lorraine, aux fiéges de Corbie, Landrecies, Catelet. Peu de mois après la mort de Sage (juillet 1643), Louis XIV, en confidération de fa belle conduite, lui rendit l'entrée aux États, dont fa famille avait été privée à la fuite des guerres civiles.

CHABERT, 149.

CHATILLON (de), 109, 115. Gafpard de Coligny, comte de Châtillon, maréchal de France, petit-fils de l'amiral, né à Montpellier, gouverneur de Montpellier & d'Aigues-Mortes, aimait les lettres & les encourageait.

E

COQUILLARD. Voyez André.

COUNILIARGUE, 60.

ESPEROUNAT, 63 et fuiv. Efperonat n'eft point un nom inventé à plaifir. On le trouve plufieurs fois fur les regiftres de l'état civil de Montpellier, aux XVIᵉ & XVIIᵉ fiècles.

FABRE, 60.

FENOILLET, 89, 131, 138, 142. Pierre de Fenoillet, évêque de Montpellier (1607-1653), l'un des plus illuftres prélats qui aient occupé ce fiége. Il refte de lui des oraifons funèbres & furtout des factums judiciaires, qui font des morceaux remarquables par leur éloquence & leur verve. Ces derniers, dirigés contre les membres de fon chapitre dont il avait à fe plaindre pour de juftes caufes, font exceffivement rares. Fenoillet, originaire d'Annecy, en Savoie, fit venir fucceffivement à Montpellier plufieurs perfonnes de fa famille. Perine de Fenoillet, née à Annecy, fille de François & de Conftance d'Arpiaud, rejoignit fon oncle en 1623; en 1632, une délibération du chapitre de Saint-Pierre de Montpellier nous fait connaître la réception, en qualité de chanoine & d'aumônier, de Pierre Fenoillet, frère de la précédente, docteur en droit au diocèfe de Genève. Il obtint fes lettres de naturalifation au mois d'octobre de la même année.

GAILLAN, 152. Jean Gallian, profeffeur de droit à Montpellier, puis juge criminel (1609-1629).

GENTIL, 158. Un perfonnage de ce nom était procureur général à la Cour des Comptes de Montpellier, au commencement du XVIIᵉ fiècle.

GIRARD, 150. Jean-Baptifte Girard, fieur de Coulondres, tréforier de France en 1615, contrôleur & commiffaire de l'extraordinaire des guerres. Comme premier conful de Montpellier, en 1632, il fit achever les travaux pour l'affainiffement de la ville. Il était doyen de fa compagnie en 1635.

GOUDELART, 160.

GRAMOND, 135. Chanoine au chapitre de Saint-Pierre de Montpellier.

GRASSET, 153. Jean de Graffet, juge de l'ordinaire depuis 1624, premier conful de Montpellier en 1634.

GREFFEUILLE (de), 151. Pierre de Greffeuille, tréforier de France, premier conful de Montpellier en 1628.

GREFFEUILLE (Mme de), 152. Femme du tréforier de France. Il y eut, dans la fociété de Montpellier, au XVIIe fiècle, plufieurs générations de jolies femmes de ce nom. L'une d'elles fut le fujet de cauferies fort fcandaleufes. Une autre, en avril 1647, infpira au poète Roudil une pièce de vers auffi fpirituelle qu'indifcrète.

LACLOTTE, 137, 138. François de Rozel, fieur de Laclotte, premier conful de Montpellier en 1637, il commanda, cette même année, les milices envoyées par cette ville au fiége de Leucate.

LA MOTHE (de), 133. Lieutenant-colonel au régiment de Picardie, l'un des boute-en-train de la fociété montpelliéraine, pendant les années qui fuivirent le fiége.

LA SALADE, 138. Théophile Dampmartin de Gaudette, fieur de la Sallade, allié de Pierre Dampmartin, qui fut gouverneur de Montpellier. La maifon des Dampmartin, où Louis XIII était defcendu en 1622, devint, une dizaine d'années après, l'hôtel des tréforiers de France.

LAUSELERGUES (de), 157. N. de Laufelergues, feigneur de Candillargues, confeiller à la Cour des Comptes.

LISORT, 61.

LOUIS XIII, 128, 129.

MARTIN, 146. Entrepreneur des fortifications de Lunel.

En 1632, le gouverneur de cette ville ayant pris parti pour Montmorency, la citadelle fut démolie par ordre du roi.

MASSANES, 137, 138. Pierre de Maffane, général des aides en 1620. Ce fut chez lui que defcendit Lefdiguières, après la prife de Montpellier, en 1622.

MESTRE, 137, 138.

METGE, 60.

MIRAMAN (de), 149. N. de Mirmand, feigneur de Lavaignac, chevalier, confeiller du roi, tréforier général de France (1624).

MONTARNAUD (de), 145, 162. François de Brignac, fieur de Montarnaud, gentilhomme huguenot ; il combattit au fiége de Montpellier, à la tête d'une compagnie.

MONTARNAUD (Toinette de), 145.

MONTFERRIER (de), 159. Pierre d'Hauteville, fieur de Montferrier, confeiller à la Cour des Comptes en 1634.

MONTMORENCY (la ducheffe de), 116. Marie-Felice des Urfins, duchesse de Montmorency. Voir la préface de M. de Saint-Maur, dans *L'Entrée à Montpellier, le 18 juin 1617, de la ducheffe de Montmorency*, Montpellier, Coulet, 1873, in-8. (*Collection des Cent-Quinze* de la Société des Bibliophiles languedociens.)

MONTMORENCY (le duc de), 192 à 194.

MURLES (de), 145. François de Montlaur, fieur de Murles, fénéchal de Montpellier en 1623, prédécesseur de J. de Saint-Bonnet de Toiras. Un fieur de Murles fe diftingua à Leucate, en 1637, & y fut bleffé.

PERAUT (le baron de), 144. Perault, fénéchal de Beaucaire & de Nîmes, embraffa la caufe de Montmorency dans les affaires de 1632. Il ne put obtenir pour lui, ni pour fes enfants, d'être compris dans la première amniftie.

PERDRIÉ DE MAUREILLAN (de), 155. Jean Perdrier, procureur du roi au présidial de Montpellier (1613-1627). Un médecin de ce nom fut l'ami de Rabelais, pendant son séjour à Montpellier. Un Maureillan, lieutenant-colonel de Saint-Aunès, périt au siége de Leucate, en 1637.

PERDRIS (de), 155. Gaspard Perdrix, docteur & avocat à la Cour des Aides, nommé avocat du roi au siége présidial de Montpellier, en remplacement d'Estienne Faynes & par suite de la démission de Henry, huissier, pourvu à cet office & non reçu (Rouen, 7 décembre 1617). Il devint, plus tard (29 janvier 1629), conseiller & juge criminel, à la place de Jean Gallian, son beau-frère (voyez ce nom ci-devant).

RANCHIN, 160. François de Ranchin, chancelier de l'Université de médecine de Montpellier, se dévoua pour les malades pendant la peste qui décima cette ville en 1629-1630 & qui éprouva Daniel Sage dans ses plus chères affections (voyez p. 89).

REGNAC, 137, 138. Jean de Rignac, conseiller & général en la Cour des Aides de Montpellier (1618).

RESTINCLIÈRES (de), 146, 159. Jacques de Saint-Bonnet de Toiras, seigneur de Restinclières, Montferrier, Prades, &c., frère du maréchal de Toiras & de Claude de Saint-Bonnet de Toiras, ancien évêque de Nîmes, chanoine & prévôt en l'église cathédrale Saint-Pierre de Montpellier. Louis XIII créa pour lui la charge de sénéchal de Montpellier (24 mai 1623), en récompense des services qu'il lui avait rendus pendant le siège de cette ville. Malheureusement, il prit parti, avec ses frères, dans la révolte de Montmorency. La ville de Lunel, dont il était gouverneur depuis le 31 octobre 1622 fut du petit nombre de places fortes qui restèrent fidèles au duc. Restinclières fut remplacé dans sa place de sénéchal par

Gabriel de la Vallée. Il fignait : « De Toiras Reftan-
clieres. » Ce capitaine avait été d'abord commandant
du château de Clermont (13 janvier 1617), meftre de
camp d'un régiment d'infanterie, par provifion du 10 juillet 1622 ; il eut de fa femme, Louife des Gardies (mariée
le 24 octobre 1607), plufieurs enfants, parmi lefquels
une fille qui, devenue veuve du baron de Salaifon,
époufa Sage, au rapport de Serres. Nous avouons n'avoir
pas pu concilier cette anecdote avec les différentes parti-
cularités biographiques qui nous font connues. Le rap-
prochement des dates rend également cette affertion
difficilement explicable, à moins que l'acte de naiffance
de 1567, relatif à Daniel Sage, ne concerne un homo-
nyme de notre poète.

ROHAN (de), 135. Le fameux chef des religionnaires,
connu pour fon équipée nocturne du 14 janvier 1628, qui
fe termina fi malheureufement dans les foffés de la citadelle de Montpellier. L'épifode dont parle Sage, à cet
endroit, paraît fe rapporter aux mefures prifes par Rohan
pour affurer la fécurité de Montpellier, avant le fiége.

ROQUE, 137, 138. Raulin de Gueiraud, fieur de Roque,
premier conful de Montpellier en 1633.

ROQUETTE (le baron de la), 147. N. de Briffac, fieur
de la Roquette, de la maifon de Roquefeuil. Commandant d'un régiment d'infanterie portant fon nom, il fit
partie de l'armée formée par Montmorency pour fecourir
Montauban (1621) ; il concourut également, en 1622, au
fiége de Marfillargues & fut tué, la même année, à celui
de Montpellier. Le château de la Roquette, en ruines
comme celui de Briffac, eft fitué dans la commune de
Saint-Martin-de-Londres, fur les pentes du Mont-Saint-
Loup (Hérault).

ROQUETTE (Mme de la), 62.

Rouet (de), 62. Sans doute, ce vicomte de Rhode, autrement de Roüet, qui figura à Montpellier, en 1634, dans une fête donnée par Schomberg. (D'Aigrefeuille, *Hiftoire de Montpellier*. I, 403.)

Saint-Jordy (de), 154. Gilbert de Griffy de Juvignac, feigneur de Saint-Georges, confeiller à la Cour des Comptes, en 1617.

Schomberg, duc d'Halwin, 178, 188, 189. Fils du fucceffeur de Montmorency comme gouverneur de Languedoc, gouverneur lui-même, puis lieutenant pour le roi. Il fut l'époux de la célèbre Hautefort. Voyez la préface de P. Sainctyon, en tête de fon édition des *Gouverneurs de Languedoc*, par P. Gariel (Montpellier, C. Coulet, 1873, in-8), dans la *Collection des Cent-Quinze* de la Société des Bibliophiles languedociens.

Sioilles, 137, 138. Henry de la Croix, fieur de Sueilles & de Figaret, premier conful de Montpellier en 1625 & en 1635. Je ne fais fi ce fut celui qui périt au fiége de Leucate, en 1637.

Soulas, 154. Jean de Solas, confeiller à la Cour des Comptes.

Soulas, 156. Pierre de Solas, nommé auditeur à la Cour des Comptes, en 1600.

Sourgueres (de), 159.

Toiras (de), 143, 159. Voyez Reftinclières.

Trinquere, 134. André de Trinquère, confeiller à la Cour des Aides ; fon frère Samuel, confeiller & juge-mage au fiége préfidial de Montpellier, réfigna en fa faveur. Il fut nommé par lettres patentes du 31 juillet 1617, enregiftrées à Touloufe, le 11 feptembre, & à Montpellier, le dernier jour de février 1620.

Valançai (le baron de), 129 à 132. Jacques d'Eftampes, feigneur de Valençai, maréchal de camp, nommé

par Louis XIII pour commander dans Montpellier, après
la prise de cette ville (1623-1627).

VALAT, 56, 138, 161, 165, 167. N. Valat, ami & allié
de l'évêque de Montpellier Pierre Fenoillet. Il avait
épousé, vers 1625, sa nièce Perine (voyez ci-deſſus le mot
Fenoillet) & fut nommé gouverneur du château de Montferrand. Cette forterefſe ſervait de priſon d'État à Fenoillet ; c'eſt là que fut détenu le chanoine Trial, auquel on
en doit une courte & intéreſſante deſcription. Le château
de Montferrand fut définitivement abandonné en 1708-
1709 ; une ordonnance royale du 12 janvier 1699 avait
autoriſé l'évêque de Montpellier à le démolir & à vendre
les matériaux. Par ſuite de diverſes circonſtances, cette
démolition n'a pas été achevée. Les ruines de Montferrand comptent parmi les plus remarquables du département de l'Hérault. Les poètes patois avaient plaiſir à
faire figurer dans leurs rimes le nom de Valat, qui prêtait
aux figures & aux jeux de mots. On trouvera dans les
œuvres de Roudil, qui ſeront publiées prochainement
dans la *Colleſtion des Cent-Quinze*, un impromptu « à
Philindo ſur ço qu'avie quittat l'ouſtau de mouſſur lou
baron de la Ribo per ſe lougea en baquel de mouſſur
Valat » :

« Apres ave fugit la ribo
Me gito dedins lou valat. »

Sage n'eſt point avare de telles plaiſanteries.

VALESCURE, 157. Viguier, au rapport de Sage. Un
gentilhomme proteſtant de ce nom ſe diſtingua, ſous la
conduite de Châtillon, au ſiége de Vals (1621). Quatre
ans après, ſous le duc de Rohan, il était maréchal de
camp de l'armée des religionnaires. Finalement, en 1628,
il fut fait priſonnier au Grand-Galargues, qu'il avait
voulu défendre. Sa troupe eut un triſte ſort : les huit

cents hommes qu'il commandait furent amenés à Montpellier, où l'on en pendit foixante-quatre. Trois cent
quatorze des autres furent envoyés aux galères. Valefcure
avait fui.

VENE (de), 134. Lieutenant-colonel au régiment de
Normandie, en garnifon à Montpellier après le fiége.

PRINCIPALES VARIANTES ET NOTES.

Page 50.

« Ma mour vous courounas ma tefto »
        VAR. :
Ma mour vous courounas ma fefto   (1636, 1650, 1725.)

Page 53.

« Qu'y fafien fus aquo fieis azes. »
        VAR. :
Qu'y fafien fus aquo fus azes.   (1636, 1650.)
Qu'y fafien fus aquo lous azes   (1725.)

Page 63.

« Et noun faurian que que faguen. »
        VAR. :
Et cependant toutes crefen.   (1636, 1650, 1725.)

Page 69.

« Qu'el me laiffet, afin qu'un jour »
        VAR. :
Qu'el me laiffet à ce qu'un jour   (1636, 1650, 1725.)

F

Page 70.

« Toujour faren quauque infolenço »
    Var. :
Toujjour feren fur l'infoulenço (1636, 1650, 1725.)

Même page.

« Ma raubo ferié fort pourrido »
    Var. :
Que ma raubo ferie pourrido (1636, 1650, 1725.)

Page 71.

« Lou mal loubet, fe gés de mouffo »
    Var. :
Lou mal loubet la gez de mouffo. (1636, 1650, 1725.)

Même page.

« De tant d'ancre que me gaftavo »
    Var. :
De la tencho que me gaftavo (1636, 1650, 1725.)

Page 78.

« Emb' un v. d'aze per foun nas. »
    Var. :
Emb' un bon eftron per foun nas. (1650, 1725.)

Même page.

« Cafcalienus nous y efpero »
    Var. :
Bufcalienus (1636), *Bufcalienfis* (1650, 1725).

Page 80.

« V. d'aze, noun ai ieu pagat. »
    Var. :
Foutingos noun ay ieu pagat. (1650, 1725.)

Page 82.

« Que pratique la Negromanço. »
    VAR. :
Que pratique l'ard d'ingromancio.   (1636, 1650, 1725.)

Page 97.

« Que fan grando coumpaffioun »
    VAR. :
Que fan groffo coumpaffioun   (1636, 1650, 1725.)

Page 101.

« As defpens dau paure lou Sage »
    VAR. :
As defpens dau paure grand Sage.   (1636.)

Page 102.

« Vieurez mai que Matufalem »
    VAR. :
Vieurez mai que Mathieu Salem.   (1636, 1650, 1725.)

Page 132.

« El vous faguet (Mouffur) fa chero creaturo. »
    VAR. :
El vous faguet (Mouffur) fa foulo creaturo.
                        (1636, 1650, 1725.)

Pages 133 & 134.

SONNETS AUX LIEUTENANTS-COLONELS DES RÉGIMENTS
DE PICARDIE ET DE NORMANDIE.

Les corps commandés par ces officiers occupèrent
longtemps Montpellier, après le fiége de cette ville.

Page 133.

« Car vous fez tout galant, tout noble, & tout François. »
    VAR. :
Car vous fez trop courtois, tout noble & tout François.
                        (1636, 1650, 1725.)

Page 136.

« Que jeu deve fervi fur tous autres affaires. »
     VAR. :

A cau l'on deu fervy fur tous autres affaires.

(1636, 1650, 1725.)

Page 149.

« Vous fez das grans fegnous l'Epheftioun, l'aiman. »
     VAR. :

Vous fez das grans fegnous lou pretious, l'ayman.

(1650, 1725.)

Page 150.

SONNETS.

Voilà de furieux coups d'encenfoir. Cependant Sage,
avec toute fa bonne volonté, n'atteignait pas à la hauteur
des hyperboles imaginées par les folliciteurs, qui pullu-
laient autour des tréforiers de France. Nous avons re-
trouvé quelques plaçets envoyés, de fon temps, à ces
généreux financiers, morceaux rares, qui font, dans leur
genre, des chefs-d'œuvre inimitables. Le fuivant parlera
pour tous ; il eft d'une authenticité abfolue :

     « A Meffieurs les prezidens, treforiers de France,
generaulx des finançes, intendans des gabelles en Languedoc, chevaliers, confeillers du roy. Supplie humble-
ment Claire de Lamotte, vefve de deffunt Jean Marolles
vivant huiffier du bureau, à quy durant fa vie il vous a
pleu luy fere l'honneur de luy voulloir du bien puifqu'il
a eu le contantement de vous avoir fervy, non pas toutesfois qu'il ayt eu le deffain de mettre à contre poix fes
fervices à vos merittes pluftoft qu'à votre naturelle bonté ;
la fuppliante n'en efpere pas moingz encore appres fa
mort de cefte pure affection que vous continuerez envers

fes fucceffeurs quy font en nombre de fept à huiƈt jeufnes
enfans & c'eft, diƈt-on, la richeffe des pauvres, dont la
fourfe n'en eft pas fy belle que voyant fes ruiffeaux on
n'en foiƈt defgoufté d'en recercher leur origine. Et certes
à parler fainement la patience n'eft pas bornée dans les
cloiftres non plus que la grandeur des panfées dans la
cour des roys : en effeƈt avoir en queue fes petits enfan-
çons à quy la neceffitté a faiƈt faire plus de cent fois le
fercle pres de leur mere, quoiqu'ignorans en mathema-
tique, pour demander les allimans neceffaires à fubztan-
ter leur vie, ce font, Meffieurs, de charges quy ne feront
jamais fy paffionnement ambitionnées que les voftres.
Ce confideré, Meffieurs, plaize de vos graces leur defpar-
tir quelqu'une de vos liberalittés accouftumées pour leur
nourriture & entretenement affin qu'en continuant vos
faveurs elle puiffe continuellement offrir fes prieres à Dieu
pour voz fantés & profperittés que pour eftre mainteneus
en vos offices au dela mefnes de ce monde. 6 fevrier
1629. »

Page 155.

« A noftre prefidial foun coum' uno merveillo. »
    VAR. :
A la cour prefidial foun coum' uno merveillo. (1650, 1725).

Page 167.

« Mais moy qui fais profeffion par une douce efperience. »
    VAR. :
Mais moy qui fais profeffion par une douce efperance. (1650.)

Page 178.

« DIALOGUE DES NIMPHES. »

Dans cette pièce, l'auteur, comme beaucoup de fes
contemporains, s'eft infpiré du dialogue en vers que

Salluſte du Bartas compoſa, en 1579, pour l'accueil de Marguerite de Valois, faisant ſon entrée dans la ville de Nérac. Les interlocuteurs, dans ce petit morceau, ſont la nymphe latine, la françaiſe & la gaſconne. Le diſcours de la nymphe françaiſe eſt à rapprocher de celui que Sage prête à ce même perſonnage :

> O nymphe, oſes tu bien accueillir, peu courtoiſe,
> L'honneur du lis royal, d'une étrangère voix?
> Chère ſœur, qui peut mieux qu'une nymphe françoiſe
> Saluer & la perle & la ſœur des François...
> En faconde, en richeſſe, en douceur je te paſſe :
> Si Tulle revivoit il parleroit françois.

Page 183.

« NYMPHE DE CARAVÈTES. »

Caravètes est le nom d'un domaine ſitué dans la commune de Murles & qui ſe confondait avec le bois de Valène, dont la ville de Montpellier jouiſſait en qualité de ſeigneur. Les bourgeois de cette ville prenaient, en plaiſantant, le ſurnom de « barons de Caravètes ».

Page 190.

« SONNET D'UN AMOUREUX. »

Roudil eſt l'auteur d'un ſonnet ſur ce ſujet, goûté des poètes montpelliérains. Diſons que, dans cette circonſtance, & tout invraiſemblable que cela ſemble, Sage mérite le prix de modeſtie. La pièce de Roudil eſt intitulée : *Sounet ſur un portait que Jano esfaſſet.*

Même page.

« Non ſous lous ſagramens qu'as fach en ma preſenço
Lon de tous eſcaliés me tenen embraſſat. »

     VAR. :

*Nom ſous lous ſagramens qu'as fach en ma preſenço,
Lon de ton eſcaliés me tenen embraſſat.* (1725.)

Pages 192 & 193.

« A M. DE MONTMORENCY. »

On s'explique aifément que ces deux pièces n'aient pu être inférées dans le recueil de 1636. Il n'était pas encore prudent de couronner de palmes immortelles le grand décapité de 1632, dans un ouvrage qui contenait déjà tant de paffages à la louange de fes adhérents.

Rozel bay, Jerfey, 25 mai 1874.

Aubert des MÉNILS.

LES
FOLIES

DU

SIEUR

LE SAGE,

DE MONTPELLIER.

Suivant la Copie de Montpellier.

A AMSTERDAM,

Chez DANIEL PAIN, Marchand Libraire
fur le Voor-Burgwal proche du Stilfteeg.

M. DCC.

DIALOGUE D'UN FOL & D'UN SAGE.

S A G E.

MESSIEURS, jeou foui aiffi vengut
Tirat dau clos d'un Ataüt,
Et d'aquello fombro caverno,
Oun Pluton abfolu gouverno,
Et vene per vous denonça
Qu'aifi n'és pas tout de dança,
Et la refon fus que me fonde,
Es qu'un jour fau quita lou monde,
Et beleau dema voftre corps
Creiffera lou nombre das mors.
Que fé me preftas audienço
Sus un tarnau de patienço,
V'autres aufirés fe vous play,
Qu'és ce que jeou vous en diray.
Jeou foui eftat d'aquefto villo,
Nafcut fus lou quieu d'une pilo,
Et bategeat lon d'au camin,
Que vai comme vers Sanct Fermin.
Et fcavez quau ero mon paire,
Aquel qu'aiudet à me faire,

Que fe tenié à ce qu'on dis,
Certos, non lion d'au bougeadis.
Quatre fés aguet la veirolo,
Ou dins une lubriquo efcolo,
Anet paffa fous pus bels jours,
A l'apetis de fas amours.
Per vous dire fe fa demoro,
Ero dins la villo ou déforo,
Aquo ferié fe fa mouqua,
D'ana tout aquo refferqua,
Car él a d'aiffo mai de mefes,
Que dins lou pioy non l'ia de pefes.
A perpaus dau pioy, defempioy,
Non ay jeou eftat jufqu'à ioy,
Dins lou croutoun de grato cendres?
Me fouven bén qu'éro un divendres,
Qu'a ben d'aiffo mai de fefons
Qu'à la mar non lia de peiffons.
Reguardas couffi lou temps paffo
Don venti ma vieillo carcaffo?
Sinon de l'infernal Palais,
La oun l'on noun aufis jamais,
Qu'un bruch de claus & de faraillos
Que fourtiffon de las entrallios
D'aquelles abifmes prefonds
Que non an ny ribos ny fonds
Aqui l'on aufis las femelos
Tant las putos que maquarellos
Roufians, arcabots & menteurs,
Et lous couguieus que foun pourteurs,
S'entén pourteurs de grandos cornos,
Comme aquellos de las licornos.
Tournas vous pioi davan darriez,

Y vefez, & quau ? d'ufuriez,
De gens qu'an fach fauffo mefuro,
Au lioc de vieure en l'amo puro,
Berlaudiez & reneguadous,
Pelle melle en lous jougadous,
Larrons, & lous que fan ufage,
De fervi de faux témoignage.
Ipocrites & Magiciens,
Lous uns jouines, d'autres anciens.
Aqui cridoun las fachinieros,
Lous fourciez embé las fourcieiros,
Lous demouns, l'efprit famillié,
Qu'urlo de nioch per Montpelié.
Lous uns vefez en fa caloto,
Qu'an lou vifatge d'uno choto,
D'autres changats diverfoméns,
Las fennos en viellos juméns,
Las fillos en ratos-penados,
Selon fas triftos deftinados.
A qui n'y a de toutes faiffous,
Lous uns en forme de rifous,
De taupos, tortuguos, mouninos,
D'autrez en beftios fauvatginos ;
Comme loups, fenglads & reinards
D'autres en grues & canards,
Ne vefez en millo poufturos,
De touto forto de figuros.
Que fe parlavo dau fabat,
D'anioch noun aurié acabat.
A qui trés à trés, quatre à quatre,
Gringuot s'exerço de lous batre.
Aqui vefez enb'un couftat,
Belzebut, Julian l'Apouftat,

Grefil, Soneillon, Afmodée,
Aiço n'és founge ny idée,
S'ou voulez creiré, crefez ou,
S'ou voulez veire, vefez ou.
Tant y a qu'oun ou voudra creiré,
Faffo miliou d'ou ana veire.
Et fera reçauput d'aquél,
Qu'a lous déts en croc de calél.
Et que fai mai enb'uno arpado,
Qu'un coq d'uno grand caunounado.
Aqui ven pioi un malhurous,
Que dis, ça rejoüifquan nous,
Et redoublén noftre couratge,
Pioi que Mountpelié fai houmatge,
A noftre grand meftre Pluton.

Lou fol.

Mai aqui cau changea de ton.
Es qu'aqueft defia voudrié dire,
Que tout fay va de mau en pire?
Quand vei que chacun vou joüi,
D'aquéft temps per fe refioüi,
Montpelié vieu tout en pouliço,
Montpelié fait tout en juftiço.
Montpelié fans autre difcours,
Es hounourat de tant de Cours,
Qu'enfin Montpelié ten lou timou,
Sus lous pus bràves que s'eftimou.
Es Montpelié que fai lou floc,
Sus las villos dau Languedoc.
Montpelié aimo la fcienço,
Que vai en bono confcienço,
Montpelié noun fai pas eftat,
Que dau dréch & de l'equitat.

Montpelié per la Medecino,
Ten d'Efculape l'origino.
Montpelié és lou foul fuport,
D'au paure, quan l'on li fai tort.
Et mefmes jamai la desbaucho,
Noun lou mettra de la man gaucho.

Lou fage.

Eftay fiau, Jon de la foulié,
L'on fap prou qu'és de Montpelié,
Qu'aviez-tu qu'afa d'interrompre
Mon difcours, amay de lou rompre?
L'on n'ignoro pas ta refon,
Mai s'ieu atrape lou bafton,
Tu veiras ce que vole dire,
Et fe t'apendrai à te rire.

Lou fol.

Quau és aqueft tant importun,
Que ven troubla noftre coumun,
Et que d'uno fuperbo audaffo
Ven corrompre la populaffo,
Aro que lou Caramantran,
Se deu refcondre per un an.
Caramantran dont la memorio,
Es digno d'eternelo glorio.
Caramantran qu'à dréch ou tort,
Jeu fouftendrai jufqu'à la mort.

Lou fage.

Caramantran és un voulatge.

Lou fol.

. Se tu noun changos de lenguatge,
Te bailarai un tau tuftau,
Qu'anaras jufques au pourtau.
Viel revaire en ta barbo blanquo.

Lou fage.

Te vaudrié mai eftre uno cranquo,
Qu'on pas m'avé fach defplafé,
Mai aros pioi qu'aven lefé,
Parlén un pauc de voftro vido.

Lou fol.

Et couffi non és pas poulido ?
Nous autres viven fort conténs,
Paffan comme voulen lou téns,
Tantos au joc, aro à la danço,
Et pioi en rampliffén la panço.
Et quau fera lou mau fenfat,
Or que fougués un infenfat,
Que vogue dire lou contrari ?
Non l'ya ny Grefié ny Noutari,
Avocat, Clerc, ou Procureur,
Ou fous cauque traino malheur,
Qu'oun vogue vieure de la forto;
Vela perqué paffo la porto,
Sans nous troubla l'entendomén,
Viel Poulacre, vieil fournimén,
Chagrinous & plén de mifero.

Lou fage.

Daqui lou malheur vous efpero,
Car jeu ai vift dins un houftau,
Caufo que me fai forço mau.
Amai me facho bé d'ou dire.

Lou fol.

Aqueft d'aiçi nous vou fa rire,
Et qu'as vift faire ? de poutous,
Las fillos en lous coumpagnous ?
Qu'as m'ay vift faire ? de careffo,
Lous fervitous en las meftreffos,

Et que may digue foulaméns?
De charmes, de raviffeméns?
Quauquos fillos eftafiados
De trop d'amour enfourcelados?
Tout aquo noun és pas grand cas,
Mai qu'oun ly tafte l'Iragnas.
Car quand las fillos foun baifados,
Es figne que foun ben aymados.
Et l'amour vou que fous fubjets,
Ou témoignoun per lous effets.
L'amour fai las feftos & dançcos,
Caroufels, barrieiros & lançcos,
L'amour és plen de paffaténs,
D'allegreffos & de bon-téns.
L'amour nous nourris d'efpérançcos;
L'amour fai faire d'aliançcos.
L'amour a de countentaméns,
Que nous ferviffon d'aliméns.
L'amour fai faire merevillos,
Tant as hommes comme à las fillos.
L'amour couflo de fon caliat,
Lou ventre que n'és chatouillat,
L'amour douno joyo & lieffo,
Tant as paures qu'a la Noubleffo,
L'amour fai faire d'enfantous,
Au rencontre de dous à dous.
Jeu foui ravit quand ma meftreffo
Me ven fa la mendro careffo.
Donques per tou dire emb'un mout.
Es l'amour qu'on gouverno tout.
                    Lou fage.
    Oyda, mai tefto d'uno fouquo,
Aquel baifa la lenguo en bouquo,

                    I *

Soun comme lous avancoureurs,
Que li preparon lous malheurs.
D'aqui fe laiffon las badinos,
Metre la man à las tetinos.
Vous autres li baillas lou fieu,
L'iver, lou printens & l'eftieu.
Et l'autouno que fay l'annado,
L'un vendra d'uno capelado,
Comme lon vei coumunoméns,
Li faire mille compliméns,
Selon lou cours & à la modo.
Un autre que l'amour lou rodo,
Commo uno boulo de rampeu,
Pus brullat qu'un floc de flambeu,
Li cantara de canfounettos,
Pioi li countara de fournettos,
Li dira, *ma Reyne, mon cœur,*
Ma richeffe & tout mon bonheur,
Que vous efles pleine de charmes !
Que pour vous je jetie de larmes !
Qui vit jamais de fi beaux yeux ?
Qui vit jamais de tels cheveux ?
Vous efles toute de miracles ;
Je ne croy pas que les Oracles,
N'ayent fouvent parlé de vous,
Pour moy je n'adore que vous ;
Auffi de voftre blonde treffe,
Amour prend ce bel arc qui bleffe
Le cœur des hommes & des Dieux.
Donc je vous adreffe mes vœux
Et fi de vous dépend ma vie,
Adorable & belle Silvie.
N'aurez-vous pas pitié de moy ?

Je voùs puis jurer fur ma foy,
Jeune beauté, chere merveille,
Que voftre beauté fans pareille,
D'une fort violente ardeur,
Me brufle & confume le cœur ;
Aimez moy donc je vous fuplie,
Mais que je vous trouve jolie,
Que vous avez de doux apas,
Que vous me donnez de trefpas.
Helas ! n'aurai-je jamais place,
Dans voftre cœur tout plein de glace.
Me voulez-vous pas fecourir ?
Me ferez-vous toûjours mourir ?
Cher cœur il faut que je vous baife,
Je ne puis efteindre la braife,
Qui me brufle & va confumant,
Si vous ne me baifez fouvent.
Diguas fe tant de paraulettos,
Noun ferviffon pas d'alumettos,
Per metre lou fioc dins lou four,
La non fe coi lou pan d'amour.

     Lou fol.

Es vray, may quand l'amour bourello,
Quauquo poulido doumaifello,
De pou que lou fort rigouroux,
Noun defpite foun amouroux,
Se fe vey un pauc trop preffado,
D'uno man douffomén privado,
Li dira, vouy laiffas m'efta,
Noun farés jamay que tafta.
Au nom de Dieu laiffas m'en paufo,
Jamai noun ai vift talo caufo.
Per ma fé vous fes forts fachous,

Quand lou caut & fin amourous,
Que d'affection brufle & tremouffo,
L'embraffo, la flato & la pouffo,
Jufques que ten comme un turquin,
La victoiro de foun butin.
Car tant que l'amour nous enflamo
D'un trait fubtil que brullo l'amo,
Aquel fioc fe trobo fort dous,
Quand fai baifa lous .....
Et de fait jamai de l'abeillo,
Noun fort uno douçou pareillo.
Car lou fon que nous ven faifi,
Nous charmo lou veire & l'aufi.
Que n'és pas un petit afaire.

Lou Jage.

Que difes d'aquest calignaire,
Miferable & paure innouffén;
Tu moftros bé toun pau de fén.

Lou fol.

La Ley y és touto fourmello,
Que quand l'amour pren la femello,
Lous hommes foun lous pouceffous,
Car la Ley dis, fouvenes vous,
Poffeffio eft pro poffeffore,
Et non poffeffor pro poffeffione.
Las fennos foun commo l'on créy,
Per lous hommes foudis la Léy.
Es ti vrai Jaumet de la prenço?

Lou fage,

Jeu vous iure fus ma confcienço,
Que fe noun vivez autromén,
V'autres danfarés en mourén,
Comme fa lou de la taranto.

Lou fol.

Quand courririan comme Athalanto,
Afin de t'ou faire pus cour,
Pioi que tu deteſtos l'amour,
Tu moſtros bé qu'oun vales guaire,
Viél chin, viél cabas, viél revaire,
Et de nous fa prene autre biais,
Ton diſcours és un pauc trop niais,
Et non fas que perdre ta peno,

Lou ſage.

Couſſi un malheur l'autre meno.
Tout anara en perditieu.

Lou fol.

Que Diable m'en ſoucite-jeu,
Tu me vas parla d'un afaire,
Que Dieus ou ſap ſe m'en chau guaire.
Jeu me fache may de veſé,
Que me cau perdre lou plaſé,
Aros au temps de penitenço,
Que s'éro dedins la Durenço.

Lou ſage.

Qu'avez boun beſoun d'aquel téns.

Lou fol.

Et perqué, per manga d'aréns,
De merluſſos ou d'arencados,
Ou de viellos fardos ſalados?
Anas veire lous medecis,
Vejan ſe fon de voſtre avis.
Se diran que la ſaladuro,
Sie bonno à ſuſtanta naturo.
Et s'un poutage de cauléts,
Vaù ren ſans quauques bons pouléts.
Vau pas mai uno graffo poulo,

Ben coufido dedins un' oulo,
Cauque capou, cauquo perdris,
Ou la rougnounado en de ris,
Qu'on pas touto la faladuro.

Lou fage.

La pauro, la mauvaifo auguro !
Jeu crefe qu'en caramantran,
Chacun s'efcarto uno fés l'an.
L'apetis, lou gouft de las viandos,
Rend quauquos fés las gens gourmandos.
Jeu crefe qu'aqueft caremau,
Lou falat non fara pas mau,
A forfo forto de perfounos.

Un Bourgeois vient avec un foldat qui fert d'intermède fur le fubjeû du voyage de Caramantran.

Quant iou t'entende tu m'eftounes.
Perque t'y fies tu obligat ?

Soldat.

Mon bagage és tout arrengat,
Bravamens en las autros hardos,
Comme une barrilo de fardos.

Bourgez,

May perque t'en vas tu d'aiçi.

Soldat.

Per ce que non ai que fouci,
A caufo que veze mon paire
Tousjour renous, tousjour renaire,
Que me feguis en b'un bafton,
Commo s'ère cauque larron.
Et iou faray aiçi lou Jani ?

Bourgez.

Mai cau ez aquel Capitani,
Quint air a ? eft-y gaire gran ?

Soldat.

Lou generoux Caramantran,
Ben taillat & de bonno frafo
Qu'es vaillent commo fon efpafo,
Gentil'homme d'antiquitat,
Lou mefme que l'an paffat,
Iou feguiguere commo page
Tout lou lon d'aquel gran viage,
Qu'aven fach comme as fauput.
Et parce qu'él a reçauput
De matin aquefto defpacho
Sur la revolte que s'és facho,
Sans ana deçai ni delai
T'affure que fanfo delai
Partiffen et me recommande.

Bourgez.

Permieramén iou te demande
Un plafé, & me lou faras.

Soldat.

Iou farai ce que tu voudras
Noftros armos fon trop amigos,

Bourgez.

Bé quau donquos que tu me digos
Ton viage de l'an paffat,
Et tout aquo que fez paffat
Dempioi que non nous eren viftes.

Soldat.

Aiffo fon pas de difcours triftes.
Aro memos tou contarai.
Efcouto me donc fe te plai.

L'EMBARQUAMEN, LAS

conquêtos, & l'heuroux retour de Caramantran.

TEMPUS *flendi, tempus ridendi,*
Tempus faltandi, tempus feftendi,
Temps de rire, temps de ploura,
Temps de danfa, temps d'arboura,
Temps que l'on jogue à la chicano,
Ben fouvén touto la femano,
Au barlan, amai au piquet,
Au parlaire & lanfequanet.
Temps de pax & temps de querelos,
Temps de vous conta de nouvellos,
Temps de dou, temps de paffatemps,
Temps de ploge, temps de bon temps,
Temps d'ana veire las fringairos,
Temps de fadeja fus las ayros,
Temps de fa l'afe de Gignac,
Dau complafen & dau flaugnac.
Et bé es aro temps qu'ieu te conte,
Coufin, per rencontré un bon comte,
De nouvellos de gran renom,
Coure, couffi en rodomon,
Sen fortits de las baffos foffos,
Et las caufos mendros & groffos
D'aquel viage qu'aven fach,
Defpei qu'un mau temps nous a trach,
Et gitats à grands cops d'anguilo
Defforo aquefto noble villo,

Et baniguet en criminel
Caramantran qu'és de Lunel,
Qu'afligeat de l'injuro prefo.
D'uno amo noblamén Françéfo,
Irritat d'un tant grand affront,
Se refout de faire lou ron
D'aqueft monde, & à l'houre mefme
Me dis (Jean) mon nom de baptefme,
Que m'en difes ? fiés tu d'avis
Que comme un autre S. Louïs
Comme un Antoni, comme un Jule,
Comme Alexandre, comme Hercule,
Et comme prou d'autres guarriers,
Nautres fian aro das darriés,
Per reduire foubs ma courouno
Tout ce que lou Ciel environno ?
Pioi que la Franço m'a caffat,
Caù rendre mon nom furhauffat
Deffus l'eftrangiéro campagno,
Cau conquifta touto l'Efpagno,
Savoye, lou Pays Latin,
Lou Piedmontez, lou Florentin,
Milan, Braban, Genes, Venifo,
La Lombardie qu'éz terro lifo,
Flandres, Olande ou Zelans,
Et lou Pays das Prouteftans :
Pioi que fautén de terro en terro,
Jufques au Pays d'Angleterro.
Tout per tout fe Dieu ou permét,
Anaren fourti Mahoumét
Et lou Turcq de fa Citadello.
Bref la journaliero candello,
N'efclaire pas gens ny nation

Que non fien foubs ma fujection,
Duchez, Comtats, Caftels, Bourgs, villos.
Pioy fautarén dedin las Ifles,
La Corfo qu'a forfo chivals,
La Sardagne de bels mirals.
S. Pierre, Majorque, Minorque,
Et la Sicillo que fe torquo
Son quieu de noftre linge nét.
Quan nous piqueron lou bounét,
Jean, aqui farén un pau alto,
En paffan petardarén Malto,
Las Anthos, la Cephalonié
Candie que ten prifonié
Lou bon vin, doun iou aro ay fauto.
L'entreprefe n'és pas trop hauto,
La prendrén de bon & d'affau.
Sarpantho que fay forfo mau
As Chreftians quan s'en van à Pilo,
Sera mefo commo la villo
De Troyo à fioc & à fanc :
En fuito pioi de but en blanc
Tournaren à la viéille modo
Lous Crouzats dins l'Ifle de Rodo,
En pacte & per preciput
Que me faran quauque tribut,
Et dependran de ma Courouno.
Pioi fe la fantefié me douno
Paffarai jufqu'as autres pors
Vifitarai toutes lous bors
De la mar, & faus mapemondo
Jufques delai oun finis l'ondo,
Amai pus lion, fes de befon.

Bourgez.
Mai que diguéres tu adon,
Coufin, quand el tou demandavo.
Soldat.
Iou que comme l'uniquo bravo
Refpire lou fang & lou fioc,
Ly refpondere fur lou lioc,
Sans difcours & fans autre pate,
Qu'iou ére fon fidelle Acate,
A mouri & vieure per él.
Mon meftre qu'avio prés confél,
Refolut déja din fon armo,
Car él éro un noble Gendarmo,
Et vaillent à l'extremitat,
Mai quon ez pas jamai eftat
Que que lous libres vogon dire,
Charlemagno qu'avié l'Empire;
Roland, lous quatre fils d'Aymon,
Mandricard, Roger, Rodomon,
Et aqu'el quen touto fa piquo,
Se tuet per tau d'Angeliquo,
Aftolphe embé fa lanço d'or,
Ni Gradaffo qu'ero pus for,
Bradamant, Marphifo la bello,
Ni lou fringaire d'Yfabello,
Oger, l'Archevéfque Turpin,
Olivier que per un matin,
Baifet la bello Iaquelino,
Quatorze cops fous la courtino,
La fillo dau bon Rey Hugon,
Que s'el aguez vifcut adon,
Ou dous ou trés iours à l'avanço,
Que lous douxe Paires de Franço,

Mourigueroun à Rounçevau,
Lous aurié bé gardats de mau.
Car en fous grands cops de faucillos,
El fafié mouns & merevillos.
Que fervis de ne dire' mai,
Pioi que jamai au grand jamai,
Noun s'és vift un homme femblable,
Pus vaillent que Roubert lou Diable.
Et que tout lou mounde emb'un cop.

Bourgez.

Tu lou vantaras un pauc trop,
Hors de termes & de mefuro.

Soldat.

El és en fort bonho poufturo,
Coufin, & fa reputation
Lou fay la mèmo perfeCtion.
Et faudrié per ne fa l'harenguo,
La puiffanto & difcreto lenguo,
De Balzac noftre Ciceron,

Bourgez.

Coufin, el n'ero pas Baron?
Gentil-homme, Conte ou Vifconte?
May toufiour accabo toun conte,
En detal ou per lou menut.

Soldat.

Quand moun meftre aguet counugut,
Mon hardieffo & mon couratge,
Tantequan el pleguet bagatge,
Et à cheval fus lou relez,
Prengueren lou camin d'Alez,
Et d'Alez fans paufo ny mufo,
Galouperen devers Andufo,
Vers lou Vigan, vers Aubenas,

Sanct-Ypolite, Pezenas.
Vers Nifmes & vers Carcaffonne,
Paffan Gignac, paffan Narbonne,
Befiés, Boufigues, Frontignan,
Lous dous Cournons, Sauffan, Pignan,
Aiguefmortes & Macillargues.
Pioi deffenden contre lous Margues,
Contro Perous, contro lou Crés,
Contro Pouffan que n'es prou prés,
Contro la villo touto roundo,
Lai non las cabros fan la roundo.
Pioi vers Agde, vers Balaruc,
Aprés monteren un haut truc,
Ont lou glas & neu toufiours veillo.
Enfin intreren dins Marfeillo.
Et fans y faire autre fejour
Rencontreren lou mefme jour,
Un marinié que nous affreto
D'un bon veiffel que l'aiguo freto,
Fort de bois, & tal que falié.
Et tantequan contro un taulié,
Ben netegat rego per rego,
Lou freteren embe de pego.
Et de ceu per lou rendre lis,
Afin que fougues pus coulis,
Galafatat embé d'eftraffo,
Pertau fe falié douna caffo,
Ou fugi felon lou befoun.
Moun meftre qu'avié la faffoun,
La fciénço amai la douctrino
Das affaires de la marino,
Quand agueren efcrich l'accord,
Per noftro vido & per lou port,

Vefén bé que faudrié coumbattre,
Anet croumpa un, dous, tres, quatre,
Cinq-cens barrils pléns & vnits,
Et de bonno poudro munits,
Balos fimplos, balos ramados,
Forço petars, forço granados,
De lanternos en de clavels,
Millo moufquets & das pus bels,
Tant de piquos, tant d'efpaillieiros,
Cinquanto millo bandoulieiros,
Tant de pouignaux, tant d'eftocs forts,
Tant de roüéts à grans refforts.
Tant d'efpafos, tant de fourchinos,
Tant de plomb, tant de mechos finos,
Tant de perriez, tant de canouns,
Tant que nou fçabe pas fous noms.
Pioi per encouratga fa troupo,
Avian dequé per fa de foupo,
Forço vieures, cruses & ciochs,
Quatre céns quintaux de befciochs,
Forço moutous, de vaquos graffos,
Cinq-céns fenglas, millo becaffos,
Cent cocqs-d'Indos, tant de capouns,
Quaranto dougenos de miffouns.
Ventres de porcs, manouls reboulos,
Son galinié tout plén de poulos,
Pouléts, pigeons, lebres, lapins,
Cént grands bachas, millo toupins,
De lardadouiros à douxenos,
Licafroyos, aftes, padenos,
De peirous de trento faiçouns,
Per fa coire lous cambajouns.
Vingt tartieiros per fa de tartos,

Embarquet millo jocqs de cartos.
Forço dats per recreation.
Mai la millouno prouvifioun,
Dount él vou que foun oulo bouillo,
Fouguet de cent canos d'andouillo,
Mêmés que per ly douna gouft,
Croumpet cinquanto miochs de mouft,
Tant d'iranges, tant de mouftardo,
De fauciffo & tant d'autro fardo,
Que garniffié lou raftelié,
Car fubre tout, el ne voulié.
Pioi qu'avié la man en befougno,
De cours fauciffots de Boulogno,
N'embarquet foulaméns per el,
Un nombre qu'ero fans parel.
Car el fafié de bels effoces,
Sur la car que n'a pas cap d'offes,
Et viando qu'es bonno de nioch.
Enfin per noun s'en ana bioch,
Achetet de touto mifturo,
El deteftavo la faluro,
Commo foun fardos, commo aréns,
Las arencados fous paréns,
Tout peis falat, meleto rаnço,
La merluffo tencho en garanço.
Tounino, anguilos, crancs, crancouns.
Un pauc la folo de dous pouns
L'yero en gouft, & la troucho frefquo.
D'aquo el aimavo la pefquo,
Au rafal, ou à l'ameffoun.
Aprés per dréch & per raifon,
El metet dins fa baffo falo,
Cinq cens miochs d'aigo feptembralo,

De vin cramefin, de vin rous,
De vin que partis lous cairous,
Vin de Maubofc qu'és plén de forço,
Vin de grés de millouno amorço,
Sans troumparié, fans fard, fans art,
Et forço vin blanc d'autro part,
De mufcat, de biero nouvello,
Amay un quintau de canello,
Tant de pans blans toutes fucrats,
Per faire dex miochs d'ipoucras.
Que fervis d'ou mettre tout d'ordre,
L'iavié bé certos deque mordre,
De rire, de paffa lou tén :
Quand per defferto, noun countén
De tant de viandos anoublidos,
Croumpet cent pots de nots coufidos,
Tant d'iranges, tant de citrons,
Un plén baril de macarons,
Cinq cens pots d'efcorço d'irange,
De cougourlo un amas eftrange,
Cerieiros au fucre & au meu,
Tout uno cargo de cameu,
Figuos, pignouns à l'aiguo rofo,
De prunos en vers & en profo,
Rafins fervans, freffes tout l'an,
Forço peros dé bon creftian,
Poumos d'amour qu'és bonno viando,
Mai que d'uno dén trop friando,
L'on noun s'en oumpligo lou fac,
Car elos cargoun l'eftoumach.
Apres avé cargat la barquo.
Un dimecres, jour de remarquo,
A la levado dau lugar,

Fagueren velo en pleno mar.
Adoun Caramantran ourdouno,
Son ouffice à chaquo perfouno.
Das fouldats & das mariniez,
Faguet cinquanto coufiniez,
Cent vir'haftes, cent copo lefquos,
Cent per tené las pintos frefquos,
Trento à roufti, bouli poulets,
Vingt per lava lous goubeléts,
Dex chaplaires, féxe qu'an curo,
De la veiffello qu'on efcuro,
Et las ganivos agufa,
Nonanto-nou per s'avifa,
De tout lou gibié que s'enlardo,
Quaranto per fervi la mouftardo.
Vingt mouffis, vingt pitots quiftans,
Roufigu'offes, lequo-fartans,
Tant per lofto, tan per l'efcoto,
El vouguet eftre lou piloto,
Tene la carto & lou compas.
May à peno aguet fach un pas,
Dins la mar à forço de velo,
Qu'el coumenfo à perdre l'eftelo,
Et trambla coumo s'avié frech,
A caufo d'un mefchant labech,
Que fai touto la mar d'efcumo.
Caramantran qu'avié couftumo,
De marcha pus fegu qu'aquo,
Et d'oun brida pas per la quo
Soun aze quand él ero en terro,
Sentiguet uno malo guerro,
Dins foun corps coumo s'ero nioch,
Coumençet à fa dexahioch,

2 *

Hué, hué, & à gourjados,
Rendre las viandos enfacados,
Dins fon ventre fans embalas.
Caramantran, helas! helas!
Difié él en paraulos flaquos,
Oun fiez tu bon planché de vaquos?
Trop hurous fi dins terribus,
Ieu plantavo un caulét cabus.
Ou feguit fans aucuno purgo
Lou counfél d'au brave Panurgo.
Tout pampaillettos, tout bavous,
Tout embriai & tout d'abaufous,
Quaranto jours fans y veire goutto,
Eftaguet contre uno grand'bouto,
Sans parla & fans founa mout.
Au quarante-un fouguet debout.
Et coumo s'el tournavo naiffe,
Coumençet un pau de repaiffe,
Et reprene fous apetis,
Fouguet guarit dins trés matis;
Car nioch & jour fans intervalo,
Voulié beure coumo un Tantalo,
Et mangea d'efpallos de por,
Affin de fe faire leu for,
Per poudé fans gés d'entremefo
Acaba fa belo entreprefo,
Et faire mai qu'oun pas Sanfon.
                    Bourgez.
   Coufin, cau tenié lou timoun?
Quand el fafié anfin dau blaze,
Couchat de foun lon coum'un aze.
Cau cartegavo, quint noché?

Soldat.

Encor qu'il fuſſe tout faché,
Et reduit à ſemblable peine,
Il ſcavoit dire, Iſſe, amene,
Haou de la meiſtro, haou dau trinquet,
A la gabio, au parrouquet.
Papafigo, à la ſivadieiro,
A la mejano la darrieiro.
Fai leu per la mor, per lou cap,
Horſo que mountarén lou cap,
Aro que lou bel temps ſaboto,
Levo la bounio, caſſo eſcoto.
Foro gabio, foro bounét,
· Aro él ſiblavo dau cournét,
Aro emb'un pouignot d'amarinos
Vous deſcroutavo las eſquinos
·De ſas géns per lous eſcauſa,
Et ſaupet tant bravamén ſa,
Que perderen noſtros frountieros.
Aro veſen las iſlos d'Yeros,
Berganſon, aprez ſanct-Troupé,
Pioi avançeren noſtre pé,
A Canos, & ſur l'ouro tardo,
Vers noſtro Damo de la Gardo,
Antibou, Niſſo d'autro par,
Villo-franquo dau Savouyar,
Sanct-Remou, lou lon de la coſto,
Un chacun veſié de ſon poſto
Lous aubres que fan lou limoun,
Pioi Auneillo qu'a lou renoun,
D'avé marquat embé de croyo,
La miſero de la Savoyo,
Sa perto & ſa deſolatieu.

Tousiour bon ven, lausat sie Dieu,
Et la mer favorablo & bonno,
Vesen la Villo de Savonno,
Sans touqua Sarcio ny Senau
Descubrigueren lou fanau,
Amai la peinturo gentillo
De Genes la superbo Villo.
Aqui mon Mestre curioux
Veguet un gean furioux
Qu'avien menat de l'Alemagno
Grand & gros comme Tourremagno.
Mais ce que mai lou raviguet,
Fouguet certos quand el veguet
La gabio digno de memorio
Dau Segnor Andrivetto Dorio,
Tant de palais, d'anti-palais
D'oustaus deçai amai delai,
Pintrats d'or, d'azur & de rouge,
Caramantran sans qu'el se bouge,
A cots de palos & de paus
Se faguet leu pourta las claus,
Et sans s'infourma davantage,
La Villo li faguet hommage,
Et lou prengueroun per soun Rey.
Mon mestre l'i dounet sa Ley
L'ordounance auto & mouyeno,
Aprenguet la lenguo Italieno,
Dins lou temps que lay demouret.
Trés jours apres el demarret,
Et fouguet lou long de son viage
Mestre per tout villo & village
De por vendres & de por fin.
Ligourno faguet d'au mutin,

May au vrai difcours qu'ieu te digo,
Tout li vauguet pas une figo,
Percé que lou jour de S. Luc
L'intret en defpiech d'au grand Duc,
La breche l'y faguet paffage,
Aquy el aprenguet l'ufage
Das 2. 3. paffes d'au moufquet,
D'au penachou fus lou fucquet,
D'arrenga de graffo & de mino
La mecho fur la ferpentino,
Tené renc au fon dau tambour,
Lou tour entié, lou demi tour,
La fcienço vieillo & antiquo
Dau noble branlamén de piquo,
L'ordonnanço das bataillons
Et la carguo das miraillouns,
Dau facro de la couloubrino,
Pourta fa tailo à la quantino,
Patrouilla de nioch & de jour,
Aprenguet à faire l'amour,
D'ana quand la quequo l'y pefo
Veire la carrieiro Françefo,
Tout per tout indifferaméns
Vouguet faupre lous reglaméns,
Quinto vido, quinto magagno
Tenien lous Turcs dins fon aubagno,
Quan de pan & quinto ration
As foldats quinto munition,
Et s'avien de foldo per vieure,
Mout à mout s'ou faguet efcrieure,
Comme fe fafiant un inquan.
Pioi partigueren tantequan,
Et fans dangé que nous empare

Petarderen lou Port Ferrare,
Pioi frefcaméns fans autre hazar.
Dins las coulomnos de Cézar,
Aro aqueft port, aro à la filo
Un fort caftel aro uno villo,
Un village, uno forto tour,
Se rendet meftre dins un jour,
De Gayete, & dins la femano
De touto la plage Roumana,
Senfo reçaupre en combatén
Une bleffuro foulamén.
El faguet 50. miracles
Au dauan la villo de Naples,
Mille trets notables & d'art,
El mefmes paufet lou petart,
Et comme lou borni d'Horaço
Sans jamài bougea d'uno plaço,
Segu ni plus ni méns qu'un roc
Souftenguet jufqu'atant lou choc,
Cops d'efpafo & de couteillado,
Que crideron villo gàgnado,
Adonc Caramantran jouyoux
D'avé gagna viftorioux,
Et rendut fous fa man captivo
Naples & tout' aquello rivo,
Sans fongea pus lion que fon nas,
Et cómmo el ero fort bounas,
Donnet au fac & à la pillo,
Sans efpargna fenno ni fillo,
Tout un quartié d'aquel grand lioc :
Talamén que vefias lou fioc,
Que montavo fus las teulados.
Que de fillos defpiouzelados !

Jamai tant de defolatiou.
Lou ciel en prenén coumpaſſiou
De tant de malheurs deplourables,
Puniguet lous fouldats coulpables,
Et ne rendet de mauconténs.
L'un fe plaignié, ai de mas dents,
L'autre d'au mau de fas vergougnos,
L'autre qu'ero tout plén de rougnos,
L'un malaute, l'autre pus mau,
L'autre eftremat fufe de cau,
L'un aveugle qu'on y vei goutte.
L'autre que crido, ai de ma goutte.
Mêmes mon meftre trop paillar
Per trop s'affadoula de car

. . . .

. . . .

. . . .

Ne mourigueron quatre-céns,
Das millous de fa foldatefquo
Car aquél mau prén comme d'efquo.
Toutesfés mon meftre aguerrit
Tantequan qu'el fouguet guarit
Commençet à l'aubo nouvello
De faire founa boutte fello,
Et s'embarqua fus lou veiffel.
Lou renoum qu'és un vrai auffel
Semenet la préfo de Naples,
Talamén que fans gés d'obftacles
Gagnet tout lou pays foûmés,
Fouguet creat lou même més
Grand Marefchal & lou grand Fabre
De tout lou regne de Calabre.
De la Poulio, pays joly

Gagnet Broucam, Eftramboli,
En doux ou tres cops de faucillo.
Quan lou Vice-Rei de Sicillo,
Entendet que venié de lai
Prenguet ben talaméns l'esfrai,
Que fans s'aufa metre en deffenço
L'y remetet fa Lieutenenço,
Sans bataillo ni fans eftrif.
Caramantran memoratif
De las vefpros, plen de coulero
Lou condannet à la galero,
Jufqu'à tan que fougueffo mort.
Pioi vefitet de port en port,
Toute l'iflo vers la marino,
Veguet lou phare de Meffino,
Et fon port que n'és pas mens bel.
Vouguet veire lou Mongibel,
Palermo, Drapeno, Dincicles.
Regardet embe fous mericles,
Un pays das millous mublats,
La Licatto qu'a forço blats,
Et tant d'autres : may que que fouffo
Vouguet intra dins Saragouffo,
Et counouiffe fans Procureur,
Se lou renoun ero menteur,
Toutesfés à fa mallo coucho,
Car el faguet bé tant grimoucho,
Tant de brindos, tant ne mouqua,
Que lou fauguet ana cerqua,
Tout embriai & pus plén qu'un flafcou ;
Pioi au fon d'un tambour de bafcou
Defparten petit à petit.
Lou Grand-Meftre qu'avié fentit

De long-temps l'entrepreſo facho
Avié fach emb'uno deſpacho
Renfourça touto ſa Cieutat
Et l'avié meſo en tal eſtat
Que n'ez pas poſſible de creire
Lou plaze qu'ero de la veire.
Aqui vous veſias de baſtions,
De paliſſados, de gabions,
D'un autre couſtat uno mino,
Un rampart tout plén de faiçino,
De coffres & de galariez;
Pioy aprez per las batariez
De baloüars, de mieges lunos,
De contreſcarpos non communos,
De parapets, de ravelins,
En ſas caſamatos dedins,
Fournels, fouſſats & fauſſos brayos,
Forço paus à trauez las hayos
Et tant d'autres empachaméns;
Viſias de bels retranchaméns,
Amay dins de maſuros routos,
Atabé de fortos redoutos,
Tout éro bén acoumoudat
Per fouſtené un grand coumbat,
Embé lous vieures neceſſaris;
Faguet penja dets Janiſſaris
Haut & court ſans autres debats,
Amay vingt Turcs eſcarlambats,
Que d'aiſſy avien prés la modo
Car el ſe ſouvenié de Rodo,
Et d'au tour qu'un Traite y faguet:
Un matin lou deſcoubriguet,
Reſoulut à vello coufflado

De lou prene per efcalado,
Et gagna d'au premier abord;
Mai lou Grand-Meftre qu'ero fort
Souftenguet en la troupo iouncho
Bravamén la premièro poncho,
Et vaillammén fe deffendet.
Caramantran quand entendet
Tant de bruch, tant de cliquo claquo
Tramblet commo uno quo de vaquo,
Et nous penfet eftavani :
Mai él s'anet reffouveni
Dau noble eftat de fa perfouno
De fous lauriers, de fa courouno,
Et das faits qu'el avio acabat.
Tantequan tournet au combat,
Plén de rage, & faguet tant ferme
Que gagnet lau caftel S. Herme,
Et pau à pau lou demouran.
Lou Grand-Meftre per fon garan
Se vezen reduit à tal eftre,
Demandet perdon à mon Meftre,
Per affegura fon eftat.
May Caramantran irritat
L'y faguet fans mifericordo
Donna vite tres cots de cordo,
Non pas per gés de mauvoulies
May per tau que lous Cheualies
Dins l'aubergèo en de magro vaquo
Pourtavoun la coulou tant flaquo,
Et lou ventre carabaugnat.
Donc aprés qu'el aget gagnat,
Et bridat la villo rebello,
El s'embarquet & faguet vello,

Un Diffate à pouncho de jour
Anan per firoc & miech jour,
Et d'uno vello fort huroufo
Vers l'Ifle de la Lampadoufo,
Ount lous veiffeaux per devoutieu
Y laiffon toufiours d'aquo fieu,
Regardet l'endréch & la plaço
Là non Roland tuët Gradaço,
Brandimart, lou bon Ollivié
Contre Agramant & fon parié.
Aquello iflo ez aqui fouletto
Pioi deffenden vers la Gouletto,
Pioi vers Thunis, pioi vers Argez,
Non fan paffa forço dangez.
A la fin per fon fabé faire
Uno nioch prenguet lou grand Caire,
Alexandrio, & de dréch fil
Touts lous liocs qu'arofo lou Nil,
Touto l'Egipto, & de furio
Ravaget touto la Sirio,
Refoulut toufiours en paffan
De conquefta lou Pays fan,
Et rendre fous fa man fubjecto
Lous forts de l'Armin de Sageto,
Caffet lous Turcs d'aquel pays.
Vengueren toutes esbays,
Incaro lou viel fimulacre
D'au bel caftel de S. Jean d'Acre,
Las villos de Tir & Sidon
Et las couloumnos de Samfon,
Lou Mont-Liban & fon auturo
Et fous Cedres fans pourrituro,
Lou bel Port ont anciennamén

Pantafilée foulamén
Tant fur la mar que fur la terro
En las fennos fafio la guerro,
Et l'home gardavo lou fioc.
Incaro dins aquel bel lioc,
Se vefien las vieillos Courounos
D'aquelles braves Amafounos,
Pioi aprez d'un vén prou jouli
Pafferen dauan Tripouli,
Et d'au mefme vén que nous freto,
Dins las plages d'Alexandreto,
Sans fejour ni fans s'arrefta
Aquel vén nous anet pourta.
Vén, brave vén que nous alegro
Dins lou deftrech de la mar negro,
San faupre couffi ni coumén.
Aiffi fouguet l'eftounamén,
Mefmes Caramantran mon Meftre
Se fouffo bé vougut veire eftre
Lion d'aqui, tant éro tranfit
De la paou que l'avié fezit,
Toutesfés fan n'en faire mino
El deffendet à la fentino,
Embé la carto & lou coumpas,
Et pioi coumençet pas à pas
A coumpaffa de bonno graffo.
El vous coumpaffo & recoumpaffo,
Tant de temps, tant de mêmes temps,
Tant de miech véns, de cars de vén,
Tant de terros fan tant de villos,
Tant d'ampoulos fan tant de millos,
Tant de millos van jufqu'aqui,
Dounc n'autres deven eftre aqui.

Adoun en mountan vers fon pople
Crido, aiffi ez Counftantinople,
Enfin l'aven fauput trouba.
Lou grand Turc per veire arriba
Un veiffel de tant bonno taillo
Anet mounta fus la muraillo,
Janiffaris & Efpahins
Et noun liaguet faique dedins
Lou port barquo vuido ou cargado
Qu'oun tireffo fa canounado,
A l'hounou de Caramantran,
Quan lou Turc d'un vifage fran,
Et d'uno mino retengudo,
L'ianèt faire la bén-vengudo,
Difén, vous fias lou bén-vengut,
En boun lioc vous ferez tengut,
Seloun l'hounou que vous merito.
Noun l'iaguet tourre ni garitto
Feneftro, balét ni trelis
Qu'au bruch que fe faguet coulis,
De noftro nouvello vengudo
Nou fouffo eftado retengudo,
Et cado banc fort ben caufit.
Tout aquel jour aurias aufit
Dins aquel grand Counftantinoble,
Vivo Caramantran lou noble,
Que vay coum'un autro Jafon
Counquifta la riche toifon,
Et dounta las beftios cruellos.
S'y faguet millo caufos bellos,
Cent farços, cent baléts pignats,
Sept ou ioch azes de Gignats,
Forfo efcaffos à longo capucho,

Uno caiſſo emb'un fanfarlucho,
Eſtendut dedins de ſoun lon ;
Noun pouguet pas ana pus lion,
Per eſtre trop coufflat de glorio.
En pau de temps, may noun morio,
Né veirez, ſe Dieu play, la fin.

Bourgez.

  Conto m'ou tout, moun bon couſin
Acabo m'é de fa lou conte.

Souldat.

N'ai pas leſi qu'ieu tou raconte,
Pode pas, fai pas pus de jour.
Te lou dirai un autre jour.
D'aqués pas vau prene la reme
Adiouſias per tout lou Carême.

LA PRESO D'AU COUGUIEU
Au Breſc.

CANSOU.

LOUS auſſels de paſſage,
  Quan ven ſur lou Printemps
Chacun en ſon ramage
Gazouilloun douſſamèns.
Et lou banut,
Chut, chut & chut,
V'autres veirez ſe la Choto
Noun atrapo lou Coucut.

Benarrits & Becaſſo,
Ni Perdis preſo au las,
N'an pas la car tant graſſo
Coumo lou Couguioulas.
Et lou banut, &c.

  Sa car ez delicado
Et lou millou mouſſel,
Es s'ez ben apreſtado
Lou quieu d'aquel auſſel.
Et lou banut, &c.

  Venez, venez, Choutaires,
Planta leu voſtre bres,
Meſſieurs ſans qu'iſte gaire
Vous lou veyrez leu pres.
Et lou banut, &c.

    Choutaire.

Garas, Garas davan Meſſieurs, faſez me plaſſo,
Noun m'incoumoudés pas à faire aqueſto caſſo.
Car ben qu'aqueſt yver ſe rencontre un pauc freſc,
Jeu noun reſtaray pas de fa valé moun breſc.
Ma Choto languiſſié aval dins ſa demoro,
Qu'és cauſo qu'aqueſt cop l'ay ſourtido deforo.
Mai pioi qu'ieu veſe aiſſi tant de gros auſſelun,
Davan que m'entourna bé ne pendrai quauqu'un.
Quand ma Choto vous vey, enratgo de coulero,
De l'envegeo qu'el a de faire bouno chero,
Que ſe pot atrapa quauque bon auſſel gris,
Bé vole couvida toutes mous bons amis.
Jamai jeu noun ai viſt dins un autro campagno,
Tant d'auſſels coumo l'y a dins aqueſto compagno.
De me creire eſcapa, vous autres vous troumpas,
S'un cop mon breſc vous ten, non m'eſcaparés pas.

Lou Choutaire ten foun brefc.

Commençén à planta, aiffi l'ia uno plaffo,
Fort propro per moun Chot à fa veni la caffo.
Quau bé qu'aquefte cop s'oun foui pas malhuroux,
Qu'auan que m'entourna ne prenguo may de doux.

Lou Choutaire entén canta lou Coucut.

Que diable és tout aiffo que la caffo non vengo.
Si faut-i que que fié que quauqu'un fai fe prengo.
Jeu m'en vau dounc vira deuers l'autre couftat,
Que beleu lou foulél ly levo la clartat.

Torno entendre lou Coucut.

M'aurié ti bon matin quauquo vieillo dannado,
Ou cauque couguïeulas, dounat la maloüillado.

Lou Cougnieu vey la choto.

Que fai aufiffe jeu, qu'és tout aqueft fagan?
Qu'és aquo que parés qu'jeu vefe aiffi dauan?
Helas quinte malheur a dins aqueft campeftre!
Per cinquanto efcuts d'or non fai voudrié pas eftre;
Parce qu'ieu vefe aiffi lou pus maudit auffel,
Que fe piofque nourri fous la capo dau cel.
Aqueft és lou foulet que blafouno mas armos,
Et qu'és lou foul fujet de toutes mas alarmos;
La rationafion que me fai mon cervel,
Es lou foul fouveni d'aquel maudit auffel.
Hélas! Meffieurs, vefez, regardas fon vifatge,
Et tout lou tour d'au col, fon marquetat ploumatge.
Regardas li fon yol couffi diable lufis,
D'agacha fixaméns aquo vous ébloüis.
Bourdat tout à l'entour d'uno vivo jauniffo,
Que tefmoigno en effet qu'és tout plén de maliffo
Vous vefez que fon bec és talaméns croucut,
Que fe poudié tené cauque paure coucut,
Aval encranpounat en fas griffos vilenos,

Saique lou pourtarié jufques dedelai Genos.
Avan qu'abandouna tant foulaméns la pel,
Jugeas donc fe non és un fort maudit auffel,
Non vefes pas couffi d'abord que vous agacho,
Tout autour de fon yol relevo la mouftacho.
Coumo fan aujourd'hioi lous courtifans pus fats,
Que quatre fés lou jour voloun eftre goufrats.
Vous vefez à fon cap que femblo qu'age envegeo
De n'atrapa quauq'un, mai couffi voulategeo.
Qu'és tout aiffo d'aiffi, y a ben quiquon mai,
Car de moun fouveni noun l'iavié vift jamai,
Que fouguez eftaquat deffus uno paleto,
Amai de daries él, a uno cabanetto.
Que noun fe lotge aqui quand lou jour és vengut
Certos s'yeu ou favié, bé vole eftre pendut,
S'oun ly boutavo fioc tout aros à fa plaço,
Per noun avé pus pou d'aquel' orro beftiaço.
Que fay vefe yeu may? cauque efprit curious
Sai és vengut planta aqueftes dous baftous.
Aiffo noun és pas fach fans cauque grand mifteri,
Coumo a mena lous baus aval vers Sanct-Tuberi.

Lou Coucut fe prèn.

Ai, ai, quiquon m'a prés que me quicho la man,
Bé men vau crid' à mor s'oun me dounos lou van.

Caffaire.

Couratge que deman mangarén de ma caffo,
Quint diable d'auffelas! la vileno beftiaffo,
Que s'és prefo à mon brefc, noun te fercavo pas,
Lou couguieu d'aqueft temps non fe trovo pas gras.
Et incaro ferié dedins ma cabaneto,
Sans creire d'avé prés ou Merle ou Alaufetto.

Couguieu.

Caffaire per pietat dono m'un pauc lou van;

3 *

Car aquefte baftou me vai coupa la man.
Et yeu te proumetrai que jamai pus Caffaire
Noun me veira rouda alentour d'un Choutaire.

Caffaire.

Jeu t'ai prou vift rouda autour de mon cachot,
Tu fai eros vengut per fa pou à moun chot.
Vous autres vefez bé couffi mon chot vous gueto,
Et quand vous pot tené fe ne fap fa desfeto.

Couguieu.

Choutaire, jamai pus yeu noun y tournarai.

Caffaire.

Aquo fçave bé yeu, noun pas fe non me plai.
Avan que m'efcapa bé cau qu'yeu te counoufquo,

Couguieu.

Vous recounouiffez bé qu'oun foui pas uno moufquo.

Caffaire.

Uno moufquo fiez pas, aub'un autre animau.

Couguieu.

Auméns vous fçavez bé qu'oun fau pas gés de mau.

Caffaire.

Noun pas fou difes-tu que vas fa la nifado,
Au nis d'un autre auffel fans y fa la coüado.
Incaro fas bé may que ly mangeos fous yous,
Et pioy l'in fas aprez, autres dous toutes nous,
Sans l'iaiuda à bafti foulaméns d'uno paillo,
Cependan que das yous as defia fach ripaillo.
Amay difos aprez que tu noun fas pas maü,
Jeu te vole trata aqueft cop coumo cau.

Couguieu.

Choutaire au nom de Dieu douno m'un pauc de trevo.

Caffaire.

Aquo vole bé fa, ieu crefe que tu revos,
Qu'ieu te donc lou van, tu pouiries b'enratgea.

Couguieu.

Quint proufit aurez-vous de me faire mangea,
Jeu vous farai veni au gouft de voftro maiffo
D'auffels que vous veirés que feran d'autro graiffo.

Caffaire.

Noun farai pas auméns que non fçache ton nom.

Couguieu.

May que gaignarés-vous à mon mauvais renom ;
Vous n'augmentarés pas per aquo voftro glorio,
Ni noun croumparés pas per acquo mas ni borio.

Caffaire.

Que fiez perfuafif, mai qu'as tu de caquét.
Tu fçaves belcop mai qu'oun pas lou parrouquét.

Couguieu.

Lou parouquét ou fap tout per aprentiffatge,
Et ieu parle fans fard mon naturel lengatge.

Caffaire.

Jamai noun aurié dich que lou Couguieu parlez.

Couguieu.

Choutaire efcufas mé que fe me proumetez
De me tira d'aici dau cruel efclavatge.
Je vous ou dirai tout en mon coumun ramatge.

Caffaire.

Que diable diras-tu que piofquo eftre nouvel,
Jeu noun m'arefte pas au caquét d'un auffel.
Tu te voudriez fauva embé tas parauletos.

Couguieu.

Noun fau pas veramén, aquo foun de fournettos.
Jeu foui fort innouffén, & noun foungearai pus,
Que d'ana franchamén fans fart & fans abus.
Jeu vous vole prouva que d'au tens que regnavou
Lous Auteurs pus fenfats, que las beftios parlavou,
Ouvido ou a laiffat per fous doctes efcrits,

Et Efopo atabé lou Rey das bels efprits.

Caffaire.

Mai que me difes-tu? que vou dire ta glofo?

Couguieu.

Es que s'avez legit dins la metamorphofo,
Ou fe la legiffez, vous y remarquarés,
Qu'a las beftios adounc noun l'y manquavo rés.
Chacuno defendié tout foun fait per paraulos,
Tout parlavo à la dounc jufqu'à las cagaraulos.
Defpioy de paire en fil jeu foui fourtit d'aquis.

Caffaire.

Ieu noun ou crefié pas regardas quand on dis,
Que defpioys aquel temps fe fie tant confervado
La raço das couguieus jufqu'en daquefto annado
Je foui certos ravit de toun plafén difcours.

Couguieu.

Ay, coumpaire ount fies-tu? veni à moun fecours.

Caffaire.

Coufli à toun fecours! gardo que toun coumpaire,
Au tant pla coumo tu, noun fie prés dau choutaire.

Coumpaire.

Qu'entende ieu aifli, qu'és tout aqués déduch?
Ieu ay aufit de lion, s'ou femblo, cauque bruch.
Que voulatego aqui, quauque auffel de rapino?
Quau és aqueft d'aifi que me viro l'efquino?
Ay paureto de Dieu & aifli te fiez prés?
Que fay veniez rouda à l'entour d'aqueft brés?

Couguieu.

He noun fçaves pas tu que la choto és eftrangeo,
Que quand nous pot tené, la vileno nous mangeo.

Coumpaire.

Choutaire, fe te play, dono l'y un pau lou van,
Car certo aqueft d'aifli és un fort bon enfan.

Caffaire.

Lou van, non faray pas, que farié mon doumage.

Coumpaire.

Aiffo n'és pas auffel d'un delicat ramage.
Outro qu'oubligearas forço forto de géns,
Car lous travailladous, quand fen fur lou printens,
Que l'aufiffon canta, difou, bono fié l'houro.
Soun cant recreo tout: car aquel que labouro,
Adounc fe fén fegu dau bel téns que joüis,
Et chacun que l'entén, de gauch fe réjoüis.
Et de fait apres él, milo divers ramages
S'aufiffon das auffels que fon foubs lous fuillages :
Lou roffignol charmant n'affoublido pas rés
De ce que la naturo l'ya doctamén aprés.

Caffaire.

Ieu crefe ben aquo, may que fe pot y faire?
Sy faut-y contenta la choto & lou choutaire.
Que me dounaras tu que lou laiffe enana?

Coumpaire.

Coumpaire digas dounc que l'y voulés douna?

Couguieu.

Et que trouvés-vous bon que l'y doune coumpaire?
Ieu noun ay pas aiffi caufo que vaillo guaire.

Coumpaire.

Se l'y faut-y quicon per vous douna coungé.

Couguieu.

Certos ieu noun ay rés, tant me trobe laugé.
Choutaire toutesfés te vau douna mas ploumos,
Que valoun beaucop may que cent noutablos foumos.

Caffaire.

Tas cornos malhuroux que portos fur lou cap !
Bouto las à couffy, qu'ount t'en vole pas cap,
Porto las au bourdel, que las febres quartanos,

Te toumboun deffus tu embé toutos tas banos.

Coumpaire.

Choutaire, permét me que jeu fié fa cautioun.
Jeu lou faray cava per tout Subftantioun,
Avan que noun ajan per te fa la countento,
Vivaren tou lou roc jufqu'a la foundamento.

Caffaire.

Toquo, l'affaire ez fach, s'é trouban lou trefor,
Au mén feray pagat tout en de peffos d'or.

Coumpaire.

Tout en de peffos d'or. Se noun vos de reallos,
Auras de bels ducats, quadruplos, jacoundalos.
Piftollos & faquins, & d'efcuts au fouleil,
Noun te manquaran pas de la pezantou d'él.

Caffaire.

Et noun m'en pourras pas bailla d'uno autro efpeço?
D'or dau pus efpurat, d'au plus fin qu'y fougueffo?
Que nya qu'an may de round que lou clos de la man.
Amai pus de largeou qu'un large maffapan.

Coumpaire.

Jeu vefe que tu vos d'aquellos grans antiquos.
Ho que d'aquel couftat n'intraren pas en piquos.
Las mendros que prendras feran coum'un palét,
Que n'iaura per lou méns la cargo d'un mulét.

Caffaire.

Oy, may fagan millou, pioi que vous fau d'adjudos
Fafez que jeu y fié; car mas mans que foun rudos,
Soun d'aquellos que cau per vira, revira,
Terro, peiros & roc & tout ç'o qu'y fera,
Et pioi s'ez de befoun que nous faillo ana querre
Aval au foun d'au Lez, la porto qu'ez de ferre,
Apres avé tirat l'or, l'argén, lous lingots,
Qu'y fougueroun cachats per lous Gots, Vifigots,

Faren veire à chacun que noftro diligenço
Surpaffo la magie, & touto fa fienço.
Coumpaire.
Et fe l'ya de demouns & d'efprits infernaux,
Que vengoun, jeu noun fçay, troubla noftre repaus,
Que farez vous aqui? fau avé de bougio,
Et quauque vieil routié qu'entendo la magio,
Que cerno coumo fan, que faffo de grands rounds
Que digue en marmoutan cauquos imprecatious,
Qu'age d'offes de mort d'au pus prez cementeri.
Aiffo, digan ou tout, fe fa pas fans mifteri.
Caffaire.
Jeu vefe ben aquo : may per aquefte cop,
Nous pourrian pas fervi d'au baftou de Iacop?
Coumpaire.
Fagan ce que voudras, & bano contro bano,
Carguen au coumpairas vitamén la cabano,
Sans ana tant parla ny cerqua de refoun.
Couguieu.
Coumpaire, qu'es aiffo? me metes en prifoun?
Choutaire.
Incaro parlaras, horro beftio banudo,
Jeu noun te vole pas veire la tefto nudo.
Coumpaire.
Coumpaire eftafe fiau, courage tout va bén,
Pioi que d'un petit mau né tiran un grand bén.
Couguieu.
Que de bén, que d'argén, & qu'in trefor defneffis!
N'autres n'auren bé tant qu'oun manquara defeffis.

LOU SECOUND MARIAGE
de Cagaraulo.

LA gasquiro la miro,
  La gasquiro la, la,
Lou bon mestié qu'és de fila,
Dau quieu coumo las teriragnos,
Fay bon estre dins las coumpagnos,
Amay passa sous pus bels jours,
Dins lous bals & dins lous discours,
Oun chacun fay soun persounage.
Parlén donques dau mariage
D'un veuze que s'és maridat,
Que fau que vous sié recourdat,
Per vous remettre en souvenenço
La joyo, la rejouissenço,
La festo que duret trés jours,
Quand de Guillaume mas amours
La nopço fouguet celebrado,
Et de la jouve maridado,
La nioch que la fauguet coucha.
Certos aisso se deu coucha
Au renc de las causos plus bellos.
Tout lay anet per escudellos,
Quand aquel banquét se faguet ;
Un mioch d'aiguado s'y beguet,
Et quauques picharous de prenço,
Qu'ero bono per excellenço,

Que de tant qu'y trouvavoun gouft,
La fouflavoun coumo de mouft.
Outro qu'y avié forffo viando,
Noun pas que fouffo trop friando ;
Car lou mouffel pus delicat,
Se trouvet as feges d'un cat,
Pelemelat en las meginos,
De cauquos beftios fauvaginos.
Car de bouc, & car de creftat,
Tout y ero bén apreftat.
Pefes de biou, de fang, de tripos,
Tout per aqueftos fripelipos,
Leus de cabros, & jeu noun fçay.
Vefias affetats çay & lay,
Efcorgeo-roffos, porto-faiffes,
Que moulinavou das dous caiffes.
Coum'un mouni qu'és à la fan,
Aurien devourat un enfan,
Un biou, amay faique fa maire,
Se lous agueffoun laiffats faire.
Et lou quiftou de l'efpitau,
Que lou vefias, gnac, gnac antau,
Qu'y fafié també fous afaires,
Coumo poudien fa lous dauraires :
Ou autromén curo-retrats,
Rouges lous vilens affarats,
Que de tant qu'y prenien de péno,
Avien toufiours la gorgeo pleno.
Aquel repas ero en l'eftat
De gens de bello qualitat.
Vous avias au bout de la taulo,
Lou noble & vaillént Cagaraulo,
Et fa moulié tout vis à vis,

4

A quau tenguet aqueſt devis :
Pioi qu'apres uno grand tempeſto,
Ma mour vous courounas ma teſto,
Et faſez ceſſa moun tourmén,
Et qu'apres tant de penſamen,
Que me tenié ſoubs ſa tutelo,
A cauſo que ma parentelo,
Me voulien toutes engarda,
D'avé l'heur de vous pouſſeda,
Heur que me permét que vous baiſe,
Vous noun creirias que ieu ſoui aiſe
De me veire en vous fourtunat,
Certos mai que s'avien dounat,
La plus bello ſaumo à Guillaume,
Que fous en tout aqueſt Riaume.
Tant ieu ſoui tranſpourtat d'amour,
Ieu ai mai de gauch emb'un jour,
Que noun aurai jamai de peno,
A cauſo, ma chero Eſteveno,
Qu'anioch ieu me ſatisfarai,
Et veirez ce qué vous farai,
Bras à bras deſſout la courtino.
O roundo poumado tetino !
O ventre du de moun traval !
O ſanctos bouquos de coural !
O nas ! o fron blanc coumo albaſtre !
O bel iol moun fioc & moun aſtre !

. . . .

. . . .

Quand ieu ſounge à tant de deliſſe,
D'aiſe & de gauch eſtavaniſſe,
Tout ravit en admiration.
Anén per la mort & paſſion,

Se faut-i que ieu vous enbrande.
Guillaume, ieu vous recoumande,
Que vous me tratés douçamén,
Sou li dis ello baffomén.
Adounc Guillaume li fai fefto,
La prén, l'embraffo, li protefto
Que noun la laiffarié jamai,
L'affegure qu'el avié mai
D'amour que noun pas de paraulo,
Qu'ero lou cor de Cagaraulo,
Sa glorio, foun tout, fas amours,
D'un femblable ou pareil difcours,
Guillaume countén en fé même,
Allegavo lou fioc eftreme
Que lou cremavo per dedin.
Soun difcours n'ero pas badin,
S'el li parlavo de la forto.
Adounc d'uno paraulo morto,
Coumo quand l'on eftavanis,
Elo li dis : moun Adonis,
Moun ben aimat, moun Cagaraulo,
Se lou nervi, baftou ni gaulo,
Noun me troublo pas moun repau,
Qu'aimez la pax dedins l'ouftau,
Vous veirez que voftro Efteveno,
Se trouvara de bono meno.
Vous aurez & vefpre & matin,
Per vous de cauléts au toupin,
D'ourteto, ou cauquo aigo boulido,
Cauquo fardo toufiour rouftido,
De fang, de leu, cauque quicon,
Petit, frian & que fié bon,
Et noun fouffo qu'uno arenquado,

Quand vous vendrés de la journado;
Car un home que vai fougea,
Noun ou pot faire fans mangea.
Et vous rendrai de bouns oufices,
Dignes certos de mous fervices,
Et d'uno fidello moulié,
Se nia cap dedins Montpelié,
Pioi que vous avez per houmage,
La flou de moun dous pieufelage,
Dauqual vous poudez difpaufa.
Aquo s'apelet fé baifa,
Baifa legitime fans blaime,
Baifa pus dous qu'oun pas de baime.
Baifa que noun fouguet pas trop,
D'y tourna fieix fés per un cop,
De plec à plec d'uno feguido.
Baifa que li tournet la vido,
Et li reftauret tout lou cor.
Enfin d'un amourous acor,
Guillaume en fas amours fidelos
Coumo un parel de tourtourelos,
Bec à bec fans fard & fans feu,
Suçavo lou fucre & lou meu
D'aquelos bouquos couralinos.
Bouquos pus douffos & pus finos,
Qu'un floc de velous fatinat,
Bouquos dount l'eur és deftinat,
Soulamén au bon Cagaraulo.
Adounc chacun quitet la taulo,
Per lous arrenga din lou liech
Ello d'un iol ouvert à miech,
Coumo fe vefié foun fuzari,
Dis : liech que feras fecretari,

De mous countentaméns anioch,
Et que ben que fiez fach de gloch,
Ou d'uno paillo qu'ez pus duro,
Sies millou d'aquello poufturo,
Que s'eros pus mol ou pus plat.
Mai Guillaume qu'ero couflat
D'au vén d'amour que lou travaillo,
Se ronço fus aquello paillo,
A cor perdut tout à l'inftant;
Doune coungé d'aqui eftant
Sans tarda pus à l'Affemblado.
Mai fa ioio fouguet troublado,
Quand penfan eftre en pax alin,
El aufiguet darlin, darlin,
Darlin, darlan, pintos, aifinos,
Banos de biou, fartan, baffinos,
Aiffados de travailladous,
Sounaillos, peirous, aifadous,
Crideftos, counfufiouns, vacarmes,
Que s'aufiffien jufquos as Carmes,
Et foun plus gran eftounamén,
Venié d'aquel gran bramamén,
Qu'y fafien fus aquo fieis azes.
Noun difoun que d'alai das mafes,
Devers Peraus prés de la ma,
Qu'aucun lous entendet brama.
Guillaume de quau la vedillo,
Noun poudié pus tene fefillo,
Qu'ero deja dins l'iragnas,
Ly diguet : ma mour fe fougnas,
Vous me farias bé veni neffi,
Que lou loubet tant de desfeffi,
Vous veirez que d'aiçi un pau,

Vous & ieu serén en repau,
Per lou moien de quauquo rufo.
Guilhaume en fa camifo crufo,
Fachat de quita lou coumbat
S'en vai trouba Mouffur l'Abat,
Qu'és aquel que das mariages,
De chacun levo lous peages,
Entr'el & lou cap de jouvén,
A mefuro que n'an lou vén,
Seguits de la flou de la villo,
Guilhaume qu'oun a croux ni pilo
D'aquel témps per lous countenta,
Lous prego fort de l'efcouta,
En li fafén aquefto harengo.
Moufur l'Abat que Dieu mantengo,
Et vous autres que fez preféns,
Que coumandas quan fez enféns,
Lous forts que vous foun tributaris,
Que coumo Reis das charivaris,
Princes das veufes, grands Segnous,
A qué toutes lous coumpagnous,
Sié guerro ou pax, preftoun mans fortos
Que poudez enfounça las portos,
Roumpre las vitros, caffa pots,
Qu'avez un fief fus lous tripots,
Refforts, Doumaines & Bailliages,
Surintendans das mariages,
Das veufes & de touto gén,
Jeu noun vous negue pas l'argén;
En ce que vous foui tributari,
Fafez ceffa lou charivari,
Per anioch, & venez deman.
Adounc en li baifan la man,

S'eftreme, & fus lou liech fe rounço.
L'Abat coutén de fa refponço,
S'en vai, & lou laiffet en pas.
Lou lendeman noun manque pas,
Memouratif de fa proumeffo,
D'ana countenta la jouineffo.
L'Abat & lou cap de jouvén,
Et Cagaraulo en foun vivén,
Qu'es aro lion de noftro aufido,
Fai parla d'el & de fa vido.
Mai Mefsieurs aifsi n'ez pas tout,
Incaro vous dirai un mout,
Dau viage de quauquos fillos.
Aiffo noun foun pas d'andounillos,
Fennos & tout y ez mefclat,
Car ellos ou an deffallat.
L'affaire vai d'aquefto forto.
Dous hommes li van faire efcorto,
Un jour qu'anavoun à la mar
Et per noun trouva tant amar,
Lou caut d'au jour que lous alaffo,
Sé déliberoun de fa caffo,
Per rire ou per millou foupa,
Chafcun commenço à defcampa
Bravamén en foun harquebuzo.
Un d'elles s'arrefto & s'amuzo,
Refoulut de faire un bon cop.
Enfin fans qu'el tardeffo trop,
Vei courre lou long d'uno rego,
D'un camp laurat uno lipego,
Et tout jouious coumo infenfat,
Apres avé prés & caffat,
Li dis, fillos, vefez ma caffo,

Dieu m'a fach uno bello graffo
D'avé prés un tant bel auffel,
Ges, qu'és genti! vefez qu'es bel.
A lou col lis coumo de veire,
Las fillos per la millou veire,
Lou pregoun de li la bailla,
Et vegean la, & vegean la.
Que la manege & que la vego.
Ges, moun Dieu, la belle lipego!
A lou bec coumo de coural,
La crefto rougo coum'un gal,
La co bello, las ploumos largos,
Tallamén qu'antre mans & margos,
Baillat rendut coutro-rendut,
Aqueft auffel fouguet perdut,
Vela ma lipego avalido,
Ieu aufiffe quauqu'un que crido,
Adieu-fias, bon foir, bonno nioch,
Ieu m'en vau foupa, pioi qu'és quioch.

DESCRIPTION DE L'ÉCLUSE

que Monfieur Valat fit faire à S. Baufeli.

LAS Arenos, lou Pon-dau-Gard,
Aquo noun és rés au regard
D'aquellos fept grandos merveillos,
Que jadis eroun noumpareillos.

Septanto millo pas de lon,
Avien lous murs de Babilon,
Et nou céns Cameus fur fa boffo,
Fougueroun cargats dau Coloffo,
Quan toumbet per certain deffaut,
Qu'avie feptanto couidats d'aut.
Per las piramidos d'Egypto,
Vingt ans li fagueroun foun gito,
Pus fubjeƈts qu'oun pas de lebriés,
Trés-céns foixanto millo oubriés.
S'és-t-i vift caufo tant efquifo,
Que lou Maufolo d'Artemifo?
Ount lou marbre n'y manquet pas
Quatre-céns onfe & tant de pas.
Falie bén qu'on s'emerveilleffo,
Dau grand Temple qu'ero en Ephefo,
De dous-céns vingt pas de largou
Et quatre-céns vingt de loungou,
Et cinq que leiffavo en arriero,
D'uno cervello affez laugiero.
Ensuito faut faire mentioun,
Dau fimulacre en perfectioun,
De Jupiter, noun fach de ciro,
Mai d'ivoire ou ben de porfiro ;
Et dau Pharo, tourre de ma,
Fach exprés per y alluma
Un flambeau, afin d'avé curo
Das mariniés la nioch efcuro,
Tourre que couftet per lou méns
Quatre-vingts-millo & quatre céns,
S'enten quatre-céns-millo peffos
D'or & de pés en fas efpeffos.
D'aquel témps tout ero luzén,

Car aro emb'aqueſt temps preſén,
L'on noun vei rés que noun empire,
Toutosfés uno cauſo admire,
Qu'és ben digno d'admiratioun,
A cauſo de ſa perfeĉtioun,
Ni las ſept merveillos d'au mounde
Ni rés ſus que l'home ſe founde,
Noun eſgalo aquel baſtimén,
Sans artifice de cimén,
Baſtimen qu'oun és pas croiable,
Que ſié coumo és tant admirable,
Baſtimen ſans aucun defau,
Deſſus la ribiero d'Erau,
Ribiero que de ſoun rivage
Veſino emb'un certain village,
Village qu'oun nia pas un tau,
Coumo S. Bauſeli d'Erau.
Prés d'aquel lioc tant agreable
S'és fach un moulin deleĉtable,
Moulin qu'oun a pas ſoun pareil,
Deſſout la rodo dau ſouleil,
Aiço ſoun pas cauſos frivollos.
Premieiramen y a ſieix molos,
Qu'à chacuno d'un grand travail
Lia faugut un grand atirail,
Dex miolos yeroun atalados,
Et fort viuamén emplegados,
Outre tout un mounde de géns,
Coumo tarraillouns deligéns,
Qu'acoumoudavoun lous paſſages
Per y prene ſous avantages.
Sagamén fach ; car un tal ſai
Ero l'effeĉt d'un grand eſſai.

A qui falié pas ana vite.
Quiffac, Sauve, S. Ypolite,
Soun de camins tant ben coumprés,
Fort difficilles toutes trés,
Et que jugeo ben de l'affaire
Trobo qu'aquo fe pot pas faire,
May l'efprit fubtil que coumpren,
Ven à bout de ce qu'entreprén.
A Moufur Valat que merito,
Tout lioubeïs & li proufito.
Que lou Ciel fié toujour pourtat
Au bén de fa proufperitat.
Vengean, & parlen de l'Eclufo ;
Ni vefez pas caufo confufo,
Aguillos, folos & tirans,
Efparraffes & caramans,
Affichos de ferre paufados
D'uno faiçoun ben ourdounados.
Enfin aqui noun manquo pas,
Rés qu'oun fié paffat au coumpas,
Jufquos à d'unidos calados,
Et ben ramplidos las caiffados.
Moufur Eftado n'és l'Argus,
Que fouignous veillo aqui deffus,
Et fa pourta per fas carretos
Ben affourtidos de cambetos,
Effieus, raiffes & lou boutoun,
La peiro & bois que fai befoun,
Quaranto perfounos ordinarios,
Soun à l'Eclufo neceffarios,
Que fan cauffos & fan perpoun,
Fan foun devé jufqu'à tau poun,
Travaillan emb'aquello Eclufo,

Que la rego dau quiou li fuzo.
Jamai defpioi qu'an coumençat,
Noun a ni plougut ni grelat.
Caufo eftrangeo! Bacchus charmavo
Lou téms, tant fa clocho founavo,
Clocho incarnado dedins,
De la licou das millous vins.
Ha, benhuroux jus de la fouquo,
Quan vai dau veire dins la bouquo!
Prefachiés, braves prefachiés,
Venez began à plen pichés,
Tout vous és plan & fans obftacles
Vous autres fafez de miracles.
Metge li fai de foun couftat,
Ce qu'és digne d'aquel eftat.
Per Fabre, fa gran deligençò,
Vai au delà de la fçiençò,
Et fi me deu eftre Avoucat
Qu'el merite d'eftre loüat,
Et ce que m'y porto & apello
Es qu'on l'eftimo trop fidello,
Cepandan avan que fié fach
Fau de temps emb'un tau presfach.
Vous veirias Moufur Couniliargue
Couffi lous fait attendre au margue,
Per eftre coum'és foulamén
Home de prount coumandamén.
Quan crido, Ion, vos faire vite,
Per la morbieu s'ieu me defpite,
Podes be dire, emb'un baftoun
Que t'efpouffarai lou perpoun,
Ou fe ieu paufe ma centuro
Sé te farai bonno mefuro,

De miege dougeno de cots,
Que vaudran de cots de billots.
Adoun chacun en fa pigaffo,
Toutes lous aubres efpoudaffo,
Sans refpeƈta peiro ni roc
Noun plus que d'efpargna lou broc.
Moufur Bouyé que ten lous vieures
Talos gens noun foun pas de lieures
Quand à l'entour lous bramo-fans
Demandoun quantitat de pans,
Car ou peis, ou cauqu'autro caufo,
Autramén vous laiffoun pas paufo.
Lou Capelan vieu de l'autat,
Que travaillo que fié pagat,
La refoun y és touto entieiro.
Moufur Bouyé, d'uno chambrieiro
L'ia bé prou per vous countenta.
Priapus vous pourrié pourta,
De n'avé trés à davegaires.
Soungeas ben à voftres affaires.
Quauquos fés lou reinar fourtis
De fa caverno, quan patis.
Per de garçous quand n'aurias trento,
Bafto, mai gardo la fervanto,
Oun aven l'aido & lou payeur,
Cadet Lifort vous avez l'heur,
D'avé d'uno impourtanto bourffo
La mouffo que fai qu'on tremouffo.
Vous s'ez huroux d'eftre tengut
Fidello per voftro vertut.
Gran travail, puiffant, incroiable,
Deffein parfeƈtamén loüable,
Digne, digans ou tout à plat

De l'efprit de Moufur Valat.
Noun pas que fenfo l'affiftanço
D'aquel gran Prelat d'impourtanço,
Qu'ez Mounfegnou de Mounpelié,
Emb'aquel travail vous voulié,
Jeu noun fcai en quint téms ni couro
N'aurias vift & la fin & l'houro,
Lou bras pus puiffant tout l'eftieu
Es eftat (gracias) lou fieu.
Per Madamo de la Rouquetto
Es ben refoun que l'on la metto,
Pioi que difez fans fiâioun
Que l'iauez forço oubligatioun.
A Moufur de Roüet de mêmo,
Pioi que d'uno affeâioun extremo
S'y és grandamén emplegat.
D'aquo li s'ez-vous oubligat.
De S. Baufeli la coumuno,
Vous ez eftado trop coumuno,
Aquo fe pot pas ignoura,
Ce qu'après vous chacun dira,
Noun pas que noun vous degoun faire
Das fouples qu'an aveut affaire,
La raifoun ou vou, & perqué?
Perce que vous avez dequé
Li rendre mai de benefices
Que noun pas elles de fervices.

LA MORT DE L'ESPEROUNAT.

EPITAPHE

Ci gist entre les trespassez,
L'Esperounat & ses procès :
Parce que Phebus & Diane
Faisant un balet dans les cieux
L'ont pris pour dancer avec eux,
Et pour ioüer à la chicane.

Prologue.

LOU téms, certos lou téms nous toumbo,
De jour en jour dedins la toumbo,
Et la mort à que pensan pas,
Nous talouno de pas à pas.
Aquest siecle és tant variable,
Que noun s'y trovo rés d'estable,
De ferme ni d'assegurat,
Qu'és yoi deman és entarrat.
Uno febre tant pauc sié forto,
Dins un tornoman nous emporto,
Et noun faurian que que faguen,
Vieure mai que Mateusalen.

Meffieurs que degus noun s'ouffense.
Aquel qu'a mai de fén qu'y penfe,
                Il découvre le corps.
Et jete l'yol fus aqués cors
Tirat dau Rouiaume das mors :
Autrosfés quand el ero en vido,
N'ero pas aimat en partido,
Mai tout lou mounde lou beuvié,
De tant de graçio qu'el avié.
Jamai noun s'ero vift en Franço,
Un home pareil à la danço.
Et fe falié faire un balét,
El y pariffié tout foulét.
De deffus la mar Occeano,
Agues jougat à la chicano.
Fous fur la terro ou fur la mar,
Gaignavo tout au palamar.
Sa boulo à toutos diffemblablo,
Partié d'uno forço incroiablo.
Et fe falié fa petit cop,
Noun s'avançavo pauc ni trop.
A touqua fouc ou porto ou peiro,
De fieis de plus ero premieiro.
A la raqueto & au baloun,
Agueftes dich qu'ero un demoun ;
El s'avançavo & reculavo,
Selon que la poumo pourtavo.
Et au baloun coumunomén,
Aquetavo furioufamén.
Per prouceffes & per counteftos,
Culbutavo las millous teftos.
Toufiours lou vefias coum'un drac,
Vers lou Palais en quauque fac.

Et jamais noun vous regardavo,
De tant vite que s'en anavo.
Non li manquavo que d'argén,
Car el erot fort diligén.
Se falié fa la pérmenado,
Fous de befoun ou de boutado,
De Mende jufqu'à Moumpelié,
Debutavo coum'un levrié.
Et crefe fe yeu noun mentiffe,
Qu'ero foun petit excerciffe,
D'ana, de veni, de tourna,
Tant fe plafié à camina.
Lou voulias-vous à l'arquabufo,
A tira ben drech & de rufo,
Aguez dounat dedins un trau,
Autant petit coum'un dedau.
Lou diable, lou tour ni becaffo,
L'atendié jamai à la caffo.
Autromén n'aurié defpuplat,
La mountagno & lou païs plat.
Enfin à que qu'on lou vougueffo,
Ero l'uniquo en foun efpeffo :
Et quau que fouffo qu'en parlez
Falié que nommez Herculez.
Enfin & à la fin finalo,
Lou vefez dins aquefto falo,
Enfin vefez qu'és devengut,
A la fin dins un atahut.
Noun pouden dire quand ni couro
Dieu nous voudra, bono fié l'houro.
Aquel qu'ou a tout ourdounat,
A prés Mouffur l'Efperounat.
Noftre Seigne nous auffo & baiffo,

Et nous reduis dins uno caiffo,
Quand el vou, nous fai & desfai,
Fai de nautres coumo li plai,
Es él felon fa Providenço,
Que vou, que pot, que fe difpenço.
Es él que difpenço de tout,
Que tout lioubeïs emb'un mout,
Tant y a qu'aiffi l'ia difputo,
Noun pas certos que l'on l'imputo,
Incaro qu'aquo m'és tout un,
A la fauto d'aqués defun.
Lou fet és qu'en mourén él douno,
Perce qu'ero bono perfouno,
Et fai quauque certain legat,
Au proufit de fon Avoucat,
Vou & entén que que l'on digo,
Qu'apres fa mort el ne joüigo.
Soun Procureur, dis atabé,
Qu'és refoun qu'ague de son bé
Et noun demando qu'uno avanço,
De quauquo petito efperanço,
Fau ben qu'el y fie per lou mén,
Per codecil ou teftamén.
Lous clercs que fafien de coupios,
Caqueton que femblon de pios,
Et difon que la refoun vou,
Qu'agoun fe fe pot quauque fou.
Soun hofte Jean de la Valetto,
Vou foun braffau & fa raqueto,
Perpoun, cauffos, baffes, capel,
Souliez, arquebufo & mantel ;
Et dis que tout aquel bagage
Liaparten per dréch d'heritage.

Qu'a defpendut à fon houftau,
Autant ou mai qu'aquo non vau.
Quand un aubre tombo & que manquo
Chacun fe pren emb'uno branquo.
Jeu foui d'avis per evita
Tout aiço fans tant caqueta,
Qu'un home de Cour lous en forto,
S'aquo fe pot en quauquo forto.
Jeu vau dounc querre un Avoucat
Que dematin ai rencountrat,
Afin qu'en touto confcienço
Ne done uno brievo fentenço.
Et que vous autres tant que fez,
Sias hors de Cour & de proucez.
Jeu y vau & vene tout aro.
            El va cerqua l'Avoucat & lou meno.
                L'hofte lou vei & li dis,
   Vous nous fafés fort pauro caro,
Digas nous Mouffur l'Avoucat,
Vous accufo-t-i lou pecat?
Gardas que noun fias legatari
De quauque floc de foun fufari.
                      L'Avoucat.
   Couquin, ieu demande lou dréch,
Qu'ai fus l'hiver quand fai ben fréch.
                      L'Hofte.
Uno demando és toufiour nullo,
S'oun n'ia oubligat ou cedulo.
                      L'Avoucat.
   Belitre, couffi me refpon.
                   Lou Procureur.
   Noun vous fachez, aurén quiquon.
Lou dréch, la forço & l'eficaffo,

Das papiez d'aquefto liaffo,
Faran que lous Clers, & chacun
Sera countén d'aqueft deffun.
Pourtas vautres un efcritori.

Lous Clercs.

Quan ferié dins lou purgatori,
Afin de nous faire paga
Bé cau que l'y l'anen cerqua.
Si faut-i qu'aquel que travaillo,
Sie pagat de fen ou de paillo.

L'Huché.

Chut, Caqueteurs, fafez paix là.
Cau s'entre-melo de parla ?
Vefez aiçi Moufu lou Juge,
Que vous fourtira de garbuge.

Lou Iuge.

Huché, apelas lou cartel.

L'Huché.

La caufo d'un tel, contro un tel.

L'Avoucat.

Moufur.

L'Hofte.

Meffieurs, beleu vous autres.

Huché.

Paix là, laiffas parla lous autres.

L'Avoucat.

Moufur, ieu ai avoucaffat
Lon téms per aqueft trefpaffat,
Sans n'avé tirat uno pito,
Qu'ès uno caufo ben petito,
Noun pas foulamén un denié,
Que de caffo, s'el n'en prenié.
Car per d'argén n'y a pas ourdre.

Tantoſt m'agues pourtat un tourdre
De becaſſos ou d'eſtournels,
Ou d'autres pus petits auſſels,
Coumo dirias de coquillados,
De lignotos toutos lardados,
De cardounillos, de pinçous,
De carezins, de paſſerous,
Enfin d'auſſels d'aquelo raço.
Veſez aqui touto ſa caſſo.
Jamai noun me baillet pus rés :
Et ſi per actes ſai parés,
Qu'a ſa mort me douno & me lego
De terraire touto uno lego,
A prene au bout de ſoun cap d'an,
Deſſus las oundos de l'eſtan,
Que ſoun neauméns en precari.

L'Hoſte.

Gardo quauque floc de ſuzari.

L'Avoucat.

Laiſſas me dire ma raiſoun.

Lou Iuge.

Yeu vous farai metre en priſoun.
Voi ! Qu'és aiſſo ! quint inſoulenço !

L'Avoucat.

Mouſſur, ſuffit uno ſentenço,
Que ſie de drech & d'equitat.
Per ieu vous diſe la vertat.
Outro qu'ai de viellos rubriquos,
De papies que ſoun autantiquos,
Qu'el me laiſſet, afin qu'un jour
Yeu lous prouduigue à la Cour
En ſoun téms, veiren, veiren couro
Pourren prene lou jour & l'houro.

Moussu, per touto counclusioun,
Yeu noun vole que ma pourtioun,
Sans fraudo, sans tort, sans maliço.
Fasez me, se vous plai, justiço.
Lou Procureur.
Moussur.
L'Hoste.
Moussur, crese que yoi...
Lou Iuge.
Chut, chut, ieu vous ausirai pioi.
L'Hoste,
Moussu, ieu perdre patienço.
Lou Iuge.
Toujour faren quauque insolenço.
Laissas parla lou Procureur.
L'Hoste.
Tout ce que vous plaira Moussur.
Lou Procureur.
Moussur, las crotos de ma raubo
Témognoun que desempioi l'aubo
Jusqu'au vespre m'en soui anat,
Per Herculez l'Esperounat;
Et crese que s'el ero en vido,
Ma raubo serié fort pourrido,
Et qu'aurié gastat de souliez
Mai qu'oun ay mountat d'escaliez, .
En la negeo, la grelo & plogeo,
Soui passat cent fés sur la logeo,
Tant soulamén acoumpagnat
D'un habit bén souvén bagnat.
Lou matin quan la Cour mountavo
L'un & l'autre soulicitavo,
Qu'embé mous papiés à la man

Me remetien au lendeman.
Per tant qu'aneffes per la villo
Noun baillavo ni croux ni pillo.
Vous pagavo tout en : allez,
Cerquas d'argén fe n'en voulez.
Lou mal loubet, fe gés de mouffo
Acampavo jamai fa bouffo.
La croux faique lou fugiffié,
Coumo un demon lou beniffié.
Se quauquofés ieu me fachavo
De tant d'ancre que me gaftavo,
De las plumos '& d'au papié,
Me difié que m'ou pagarié ;
Que s'el s'en anavo à la caffo,
Me pourtarié quauquo becaffo,
Quauque merle, quauque quicon,
Quauque presén que ferié bon.
Un matin qu'oubriffié ma porto
Lou vefe veni que me porto
Vn certain petit auffelet,
Que l'apelleroun lou reinet.
Es uno petito beftiolo
Que de bartas en bartas volo,
Es un petit auffelet rous,
Que rodo per lous bartaffous.
Aquel bel presén d'impourtanço
Prenguere ieu à foun inftanço,
Que ploumat, lardat & rouftit,
Cinq-cens noun m'aurien pas remplit :
Et me fafie millo careffos,
Tant, tant, & pioi mai de proumeffos,
De paraulos tout un plén fac,
Mais d'argen noun pas un patac.

Or fi faut'i couffi qu'on faço,
Que li retiroun fa liaço.
Et que chacun poulidamén
Sié pagat legitimamén,
Aiffi lia de papiez capables
De n'en rendre de miferables,
Et de fa que foun heritié
Devengue un gros marchan blatié.
Per ieu, que me pagoun ma peno,
Et lous fraiffes qu'un procez meno,
Ou que m'affignoun fufto & vin
Sur lou barroul de Sanct Fermin,
Ou fur lous clouquiez de S. Pierre,
Tout lou blat que l'ianarai querre.
Ou que ieu pofque au merdanfoun
Pefqua tous lous mufcles qu'y foun.
Aqui tout ce que fe pot faire
Emb'aqueft malhuroux affaire.
D'un paftre n'aurié un efclop.
Chacun lou fieu noun es pas trop,
Yeu noun vole que moun falari.

L'Hofte.
Gardo quauque floc de fuzari.

Lou Procureur.
Chut.

L'Hofte.
Choutas.

Lou Iuge.
De par Dieu,
Agueffes lou mangea tout vieu.
Concluez.

Lou Procureur.
Mouffur yeu concluẽ

Que cau que mordo ni que ruë,
Que fe torque s'és councagat,
Se vous plai que yeu fie pagat.
                    L'Hofle.

Mouffur ieu vole.
                    Lous Clercs.
                    Oy fans alos
N'autres noun fen pas de cigalos,
Que canten fans faupre parla.
                    L'Huché.
Eftafez fiau, fafez paix là.
                    Lous Clercs.
  Mouffur, ieu vole en confcienço
Que iugez fe lia d'aparenço,
Que nous autres fian pas pagats
De l'héritié ni das legats,
Nous autres qu'aven prés de peno,
Mai que lous azes de Valeno,
Et qu'aven à cor & à fort,
Souftengut lou drech d'aqués mort.
Mouffur, fe nous fau faire enquefto,
Apointas nous une requefto,
A ce que vous prouvén en brief
Noftre intereft & noftre grief.
Noun pas un foul, mai dous-cens millo
Tan forains que gens de la villo,
Vous diran que coumo un lutin
Nous troublavo vefpre & matin,
Qu'el nous preffavo à toutos reftos
Que li doubleffen de requeftos,
De countredits, de noun fçai qué,
Qu'un iour s'el avié ben dequé
Nous dounarie mai de piftollos

                                    5 *

Qu'el noun fafié de cabriollos :
Et coum'aquo tout en danfan
Nous paffavo d'ioi à deman.
Toutesfés fans fa mort fubito
N'aurian pas perdut uno pito,
Et que voloun ti que fie dich,
Que n'autres ajan tant efcrich,
Travaillat nioch & iour fans paufo;
Sans que n'en tiren quauquo caufo.
Mouffur, jugeas un pau s'aquo
Se pot anfin fa coumo aquo,
Et fe noun meritan l'eftreno
D'avé prés per el tant de peno,
Fafez né coumo vous voudrés,
Per ieu noun vous dife pus rés,
Et noun founde moun efperanço,
Que fur voftro jufto ourdounanço.

L'Hofte.

Mouffur, Mouffur, que de Mouffurs,
Petits clergots, petits troumpeurs,
Que noun an que bec & paraulos
Ni d'effeéts qu'à roufigat taulos,
Digas li quantes paftiffous
An mangeat per lous rouftiffous.
Groumandots qu'embé sas bevetos
Viravoun pintos & fouilletos :
Et pioi quand avien ben dinat,
Quau pagavo ? l'Efperounat.
Voulez d'argen ? de cots de barros,
Se vautres fentiffias de narros,
De l'air que vous devrian paga,
Niauré per vous fa counquaga.

Tou lous diables fié la vermino,
Que noun valoun rés qu'en coufino.

Lou Iuge.

Toubeu, vous fez un indifcret,
Sans ouffença parlas courret.'

L'Hofte.

Mouffur, fe perfouno s'ouffenço,
Mai que noun age l'efcourrenço,
Prengue foun quieu en las dos mans,
Et vengue m'ataqua deman.
Vous veirés bé fe liaura brefquos,
Amai fe feran de las frefquos,
Et fou fau tout dire, Mouffur,
L'Avoucat & lou Procureur
Soun elles dous que foun las caufos
Que lou paure perdié fas caufos.
Incaro ferio ben affez
Se liavien gagnat un procez.
Mai noun lian jamai de fa vido
Gagnat la plus mendro pratiquo,
Noun pas foulamén un procez
Que vaillo gaire ben un zeft.
Et cepandant chacun demando
Pro nobis crachén à l'ouffrando,
S'a rez qu'ou pougan atrapa,
Quau regarda de lion gripa
L'Avoucat & lou Proucuraire,
Sabez s'elles ou faboun faire :
Fan coumo fai lou Medecin,
Volé pas rés, & fan ançin.
Aquo foun gens religioufes,
Que Dieu ou fap s'aymoun las croufes,
Quan foun fachos d'or ou d'argén,

Las adoroun de tout foun fén,
Nia gardo que tengoun fezillo,
Que noun griveloun de ramillo.
Certos és vrai qu'argén fai tout ;
Mai lou ben faire paffe tout.
Mouffur, per ce que me concerno,
Touto la nioch en la lanterno,
Me cau rouda per moun lougis,
Per faupre qu'és ce qu'on li aufis.
Dempioi la mort dau paure diable
L'on entén aval à l'eftable,
Pioi au pus haut, patric, patrac.
Yeu noun fçai fe ferié lou drac,
Ou foun amo que traguez peno.
Au grand bruch qu'aquo d'aqui meno,
Tantos aval, tantos amoun,
Es ben el, ou quauque demoun.
Autro caufo noun pot pas eftre.
Un demoun és un méchant meftre.
Per l'efprit d'aquest paure cors,
S'el reffuffitavo das mors,
Pourrian veire de grand' merveillos.
Yeu ai aufit de mas aureillos
Plane tout anioch, ai moun Dieu,
Oun vau ieu, & d'oun vene ieu,
Helas, moun Dieu que ieu patiffe !
Me dono d'avis que l'aufiffe.
Et fans que me foui esfraiat,
Yeu l'aurié millou efcoutat.
Mai certos moun peu s'eriffavo,
Quand aufiffié qu'aquo parlavo.
Soulamén de m'en fouveni,
Cado fés penfe eftavani.

Lou Iuge.

Dites moi, s'il vous plait, mon hofte,
Mourût-il d'une ame devote ?
Ou s'il partit de ce bas lieu,
Sans chreftienement prier Dieu ?
Mourût-il en bon Catholique,
Ou bien en façon d'heretique ?
Viftes-vous point fi quelquefois
Faifoit le figne de la crois,
Ou s'il fut en fa confciençe,
Touché de vive repentence.
Levez la main, mon bon ami,
Vous prometez non à demi
De me le dire tout en fomme,
Comme quoi mourût ce pauvre homme,
Affin que par voftre propos,
Nous jugions s'il eft en repos.

L'Hofte.

Mouffur, el a quauquo fepmaño,
Countado à bon pés de roumano,
Que moun paure hofte mouriguet.
En premié lioc el fentiguet,
A l'intrado & à la fourtido,
Affaval uno emorrouïdo,
Que li batret lou foundamén,
Sans poudé caga nullamén.
Adoun li pren un mau de téfto,
Que revaffavo à touto refto,
Et diguet aquefto canfoun,
Amai li trouvet ben lou foun.

CHANSON.

Eveille toi, réveille,
Compagnon de bouteille,
A la fanté du Roi,
Ie t'en fais la femonce,
Bacchus eft mon ami,
A l'amour je renonce.

A l'amour certos renouncet,
Pioi qu'au bout d'un pau trefpaffet,
En cridan coum'un oubliaire,
Ount és anat lou Pouticaire,
Lou Medecin & lou Barbié,
Qu'an mai que ieu de malautié.
Anas me fa veni Soulage,
Que li dounarai l'heritage,

. . . .
Emb'un V. d'aze per foun nas.
Oy per la mor ou vole faire.
Noun pregavo Dieu ni fa maire,
Ni noun faguet tant foulamén,
Un mechant mout de teftamén.
Cauquofés prenié de boutado,
Entre fous braffes la flaffado,
Et difié, be l'ai atroubat,
Coufin loup anen au fabat,
Cafcalienus nous y efpero,
Embé Thefiphone & Megero.
Anén coumpaire cat, anén,

Qu'y fian tan leu coumo Larén.
Et toûfiour à cado paraulo,
Difié que tenie Cagaraulo,
Et fe vous plai au bout d'un brieu,
En tres badals nous dis adieu.

Lou Iuge.

He quoi ! n'y va-t-il pas du vôtre ?
Quand il ne diĉt fon patenoftre.
Et pour n'eftre point exhorté
Par quelque homme de pieté.

L'Hofte.

Mouffur, que voulias qu'ieu fagueffo :
Car au lioc que vous efcouteffo,
Parlavo de Mouffur du Luc,
Qu'ero anat trouva Belzebut.
Per avé la mêmo fçienço,
Qu'avié Gaufredi de Provenço.
Toujours du Luc & fas amours,
Eroun lou but de fous difcours.

Lou Iuge.

Et d'abord qu'il eut rendû l'ame ?

L'Hofte.

Mouffur, anere à Noftre-Damo ;
Affin que foun entarramén,
Fougues fach hounourablamén.

Lou Iuge.

Ne prites-vous point dans fa chambre
Du mufc, de civete, ou de l'ambre,
D'or & d'argent en quantité,
Qu'un ami lui avoit prêté,
Le tout caché foubs une fueille,
Dedans le pertuis d'une egueille.

L'Hofle.

Mouffur, jamai noun liai troubat,
Qu'uno candelo dau fabat,
Et un viel libre de fourcieiro,
Fumat coum'uno chiminieiro.

Lou Iuge.

Confeffez le ; car j'ai apris,
Que vous aviez tout d'abord pris
Fort fubtilement & de rufe,
Son habit & fon arquebufe.

L'Hofle.

Mouffur, aquo liai bé croucat.
V. d'aze, noun ai ieu pagat,
Medecin, Barbié, Pouticaire.
Yeu noun poudié pas deméns faire,
Sinoun de prene per lou mén,
L'arquebufo & l'acoutramén.
N'ia pas Iuge de vendemiaire,
Que noun digo qu'ou devié faire.
La desferro, s'un miou mouris,
Es ben d'aquel que lou nourris.
Bé falié à ieu fa defpoillo,
Pioi qu'oun trouvere fous la foillo,
Las mouninos que vous difez,
Que niavié coumo ne vefez.

SENTENCE.

Lou Iuge.

A *YANT entendu les parties,*
 Leurs raifons & leurs reparties,

Par pluſieurs conſiderations,
Et ſuivant toutes contentions,
J'ordonne que l'on reſtitue,
Tout maintenant à noſtre veüe,
Papiers, harquebuſe & habit,
Et que ce ſoit ſans contredit.

                    Lou Procureur.

Mouſſur, ieu rende la liaſſo.

                    L'Hoſte.

Et ieu l'arquabuſo de caſſo.
Mouſſur, acabas, autromén
La vau querre en l'acoutramén.

                    Lou Iuge.

Quelquefois un eſprit immonde,
Qui va, qui roule par le monde,
Se ſert le plus ſouvent d'un cors,
Qu'il prend meſmes d'entre les morts.
Le plus ſouvent l'eſprit de l'homme
S'en va de S. Jacques à Rome :
Et l'ame d'un ſorcier partans
Quitte ſon corps pour quelque tans,
Or affin d'en faire l'eſpreuve,
Je ſuis donc d'aduis que l'on treuve,
Quelque bon vieillard & ancien,
Qui ſoit habile magicien.
A ce que par ſon art magique,
On aprene, non ſa pratique,
Mais que l'on ſcache ſi ce corps,
Eſt vrayement du nombre des morts ;
Car ſi ſon eſprit qui lutine,
Eſtoit allé voir Proſerpine,
Ou Pluton pour le viſiter,
Il reviendra ſans en doubter.

                    6

C'eſt-pourquoi il faut qu'on lui rende
Ce que la Cour veut & commande.
S'il eſt mort, il eſt dépouillé,
S'il vit, il ſera habillé.

L'Hoſte.

Yeu li porte touto ſa fardo.
Veſes l'aiſſi, quau la li gardo ?
Veſtiſſes lou, deſpoüillas lou,
Tout ou avez emb'un moulou.

Lou Iuge.

Au contraire ſi par magie,
Aiant alumé la bougie,
Y joint les imprecations,
Ce corps ne reprend ſes fonſtions,
Chaqu'un en preſentant requeſte,
Aura paiement de ſon debte,
Recevant par la Cour le ſien,
Qu'il prendra ſur le fonds du bien.
Ie ferai plus en cett'affaire,
Que nul autre ne ſçauroit faire,
Quand meſme il vous protegeroit.
Cependant appointé en droiſt,
Iuſqu'à ce que par la magie,
On ſoit certain s'il eſt en vie.
Vous y fairez donques pourvoir,
Meſſieurs, Dieu vous doin le bon ſoir.

Second Clerc.

Qu'au troubaren n'autres en Franço,
Que pratique la Negromanço ?

Premier Clerc.

Quau, quau, ieu ſabe bé un viel routi
Qu'és ſavant en aquel meſtié.
Yeu ſoui d'avis que l'anén querre,

L'Hofte.

Per cap fe ieu noun vous aterre,
Anén efcribendis, anén,
Anen lou querre & caminén.

L'Avoucat.

Si faut-i ben coumpaire l'Hofte,
Que fias fretat que que me cofte.
Digas s'avez jamai aufit
Un home coumo aquel hardit ?

Lou Procureur.

Es queftioun que fian ben d'acordi.
Voulez-vous que li paguen l'ordi ?
S'el fe fizo de mau parla
N'autres pouden lou baffela
Emb'un baftoun que fie das groffes,
Et pif, & pouf, deffus lous offes.

L'Avoucat.

Lou fau freta fort & fegu,
Afin que fie dau but en gu.

L'Hofte.

Plaffo, plaffo, fafez nous plaffo,
Se tout lou mounde fe ramaffo
Per aïffi, noun lia pas moien
De fa veni lou Magicien.

Lou Magicien.

Es aïffo lou corps ou l'on buto,
Qu'és caufo de tant de difputo.

L'Avoucat.

Es aqueft corps, & plait à Dieu
Que lou paure fougueffo vieu.

Lou Procureur.

Et plagues au bon Dieu qu'ou fouffo.

L'Hofte.

Plagues à Dieu ; car dins ma bouffo
Liaurié d'argén que noun lia croux,
M'aurié pagat coum'un tigoux.

Lou Magicien.

Laiffas me fa, que s'és pouffible
Vole que cante, amai que fible,
Que danfe & que per méns d'un liard
Sié deman iouyoux & gaillàrd.
Prenez chacun uno candello.

L'Hofte.

Yeu vole caufi la pus bello.

Lou Magicien.

Chut, que degus noun fone mout.
Levas-vous, tenez-vous debout.
Our deftré, valdé dom floux
Qui marbé toux,
Gramatafum, gramatafum.
Taramaca gratamatafum.
Aqueft amo que que ne digou
A fach coumo l'enfan proudigou
Dau tens qu'el gardavo lous pors.
L'efprit és tournat dins foun corps,
Et l'enfan proudigou à foun paire.
Ca courage, laiffas me faire :
Mai que liageo eftacat un breu,
Vous veires que parlara leu.

Lou Magicien.

Coufin cat, coufin Cagaraulo.

L'Efperounat.

Et doun ven aquello paraulo ?
Dau teilliaut ou de paillaffou.

Lou Magicien.

De tartelleto & de triffou.

L'Efperounal.

Et Mouffur Tepe ten las gautos.

Lou Magicien.

La nount-és Ion de quatre pautos.

L'Efperounal.

La nount-és Iudas & Caïn.

Lou Magicien.

Aubé coufin cat, coufin chin.
Vous vefez coumo el eftravago
Liés avis que foun efprit vago
Es incaro aval au croutoun
De Proferpino & de Plutoun.
Coumo parlo li fau refpondre
Autramén l'on fe pot efcondre.
Fau fa coumo las maires fan
A l'endrech d'un petit enfan.

L'Efperounal.

Digas Meftre Iean Solacroquo,
Es t-i voftro man que me toquo ?

Lou Magicien.

You foui Ion viro lou miéjour.

L'Efperounal.

Quand Murenei fafié l'amour,
Anet faire dau clos d'un' huitro,
Un iftrumen coumo uno citro.

Lou Magicien.

Nia que demoroun mai d'un més,
Avan que l'efprit fie remés :
Mai aqueft vole qu'aro même
Parle tant ben coumo ieu-même.
Penças, penças d'eftre gaillard.

L'Esperounat.

L'esprit dau paure Coquillard,
L'ai vist sus uno grand' paillasso,
Embé l'amo de Garigasso.

Lou Magicien.

Tout beu, tout beu, remettez-vous.

L'Esperounat.

Coumo de resou sen huroux.
Lou veirias changeat en tourtugo,
El & aquelo grand' Astrugo.

Lou Magicien.

Estrugasso se mai aimas,
Porto uno raubo de damas :
Amai Thoni de Villo-novo,
Me diguet qu'ero touto novo.

L'Esperounat.

Yeu li veguere per darriez,
Un Moussur de las Mariez,
Qu'ero estat un Mestre d'escolo,
Pléin de chancres & de veirolo.
Veguere que l'y boulissien
Un gran pendut de Magicien.

Lou Magicien.

Chut, chut, noun digas pus rés basto.
Lou trop parla souvén ou gasto.
Aussen, aussen lou, oup, oup, oup,
Vous fés guarit, coumpaire loup.
La causo és touto manifesto,
Mai que vous noun parlés de testo,
Vegan, vegan, en quint estat,
Se trouvaro, s'és assetat.
Tengan l'un pau d'aquesto sorto,
Que semblo uno persouno morto.

L'Esperounat.

Quau es estat aquel badin,
Que m'a fourrat aissi dedin.
Levas mé tout aquest embaisso,
Et sourtez me d'aquesto caisso.
Vela qu'és de l'Esperounat.
Que n'és estat abandounat,
De toutes, sauf de Dieu lou Paire,
Qu'aquel l'a gardat de mau traire.
Fidel és mort, noun és pas mort,
Vous autres me fasez grand tort,
Pioi que n'ero pas necessari,
De me plega dins un fusari.
Yeu ai plaidageat en enfer,
Davan Gringot & Lucifer,
Qu'e m'an dich que ieu noun pauguesso.
Hiver n'estieu quau que fouguesso.

L'Hoste.

Que nautres noun sian pas pagats,
Ha! per la mort de mous pecats.

L'Avoucat.

Bé, bé, nous fara la countento,
A toutes, amai foussen trento.

Lou Magicien.

El a l'esprit solide & bel,
Coumpousat d'un bon naturel.
Ajas un pau de patienço
Et ne veires l'experienço.

L'Esperounat.

Bailas me moun acoutramén,
Que ieu m'abille vitamén.
Et coussi soui ieu, Dieu me garde,
Que tout lou mounde me regarde.

Ero bon à cauque flaüt,
De lou metre dins l'ataüt,
A quauque fat fadan, fantome,
Mai per ieu, foui trop galant home.
Moun arquabufo éft-i aiffi ?

L'Hofte.

Aubé faique yés, & couffi,
Que penças que l'age mangeado ?

L'Efperounat.

Yeu dife fe l'avez pourtado ?

L'Hofte.

Fa, fol, la, fol fa mi re hut,
Vefez l'aiffi dins l'atahut.

L'Efperounat.

He bé coumpaire Ion que fufo,
Laiffas aqui moun harquebufo.
Et que tout aqueft regimén,
Venié per moun entarramén !
Yeu aurie bé mai de coumpagno,
Qu'oun aurié pas lou Rei d'Efpagno.

L'Hofte.

Quauquo fés lou Diable vous bat,
Que faique venez dau Sabat.

L'Efperounat.

Que vous fez fat, l'Hofte, d'ou creire,

L'Avoucat.

Chacun de n'autres voulian veire,

Lou Procureur.

D'avé quicon s'ez de refoun.

L'Efperounat.

Tout'ven per foun temps & fefoun.
Deman fur l'houro dinnadiffo
Vous baillarai s'ez de juftiffo,

Tout'uno cargo de faquins,
Que, mau grabieu fien lous couquins,
Vous pagarai tin, tin, fur taulo.
D'aquo ieu vous donne paraulo.
Ca danfen, rejouifquan nous,
Vous, vous, & vous, & vous,
Prenez vous per la man, canaillo.
Que que m'ajas fach, bé li vaillo,
Tout aquo vous és pardounat
Per lou coufin Efperounat,
Faffan foulamén uno danço,
Et fauven nous, l'houro s'avanço.

Lou Magicien.

Meffieurs, ieu noun fau aiffi rés.

L'Efperounat.

Anas-vous-en, & gramercés,
Et pourtas aquel tabernacle,
En figne de voftre miracle.

<hr>

*Lous regrets dau Sieur lou Sage, fur lou trefpas de
fous enfans : Embé las lamentatiouns & miferos furven-
gudos à la villo de Montpelié à caufo de la pefto.*

Dedias à Mounseignou Meffire Pierre de Fenouillet,
Evefque de Montpelié, Conte de Mauguio & de Mount-
ferrand, Marquis de la Marque-Rofo, Confeillié dau
Rei à fous Confeils d'Eftat & privat.

R AION de la Divinitat,
  Efprit doun l'immourtalitat,
Monto pus haut que las eftellos,
Grand aftre dount las eftincellos

6*

Brilliaran éternellemén,
Amoundau dins lou Firmamén,
Vous de qui las bellos penſados,
Parlas de las cauſos paſſados, '
Nous ſaſez veire l'aveni,
Vous qu'avez dins lou ſouveni,
Doun voſtre elouquenço ſa glorio,
Tous lous treſors de la memorio,
Et deque lou bel jugeamén,
Nous charmo emb'un mout ſoulamén,
Grand Prelat, qu'un Rei redoutable,
Regardo d'un yol favourable,
Et l'honoro de ſoun amour,
Grand Prelat l'hounou de la Cour,
Eſcoutas, ſe vous plai, ma plainto,
Et ma duro & triſto coumplainto.
Coumo au Sant que me ſoui voüat,
Emb'aqueſt temps negre & troublat,
Pioi qu'à vous ſoulet ieu offriſſe,
Mas candellos & moun ſerviſſe,
Prenez dounc plaſé, Mounſeignou,
D'auſi ma plainto & ma doulou,
Plainto que noun ſaurié deſcrieure,
Doulou que me gardo de vieure,
Et que fai que dins l'atahut,
M'en vau ſans espoir de ſalut :
Car ma duro & triſto adventuro,
Fai que touſiours lou mau me duro,
Et me perfecuto tant fort,
Que lou fort, l'amour & la mort,
Troubloun moun repaus & ma vido.
Hélas ! la Parquo m'a ravido,
Moun bon Segnou, tout mon treſor,

Moun enfan, ma fillo, moun cor.
Ce que ren moun mau tant eftrange,
Qu'embé mous plours moun pan ieu mange,
Et dedins lous darniés abois,
Perde moun haleno & ma voix,
Tant ma vido és trifto & funefto,
Car defpioi fas morts, fur ma tefto
Yeu ai mefes mai de peus blans,
Que n'aurié pas fach de cent ans.
Anfin moun mau incounfoulable,
M'a rendut de tout miferable,
Et per vous dire moun tourmén,
Sié en veillan ou en dourmén,
Yeu li parle, & lous ai dins l'amo,
Coumo de vieus rayons de flamo,
Et moun efprit journellamén,
Me lous fai veire claramén.
Grand Dieu, levas de ma penfado,
Moun fil, amai ma fillo ainado,
Ou fafez, grand Dieu, per pietat,
Que tournoun veire la clartat.
Mai helas! la cruello Parquo,
Ni lou viel Caron dins fa barquo,
Noun an pas gés de fentimén :
Mas plaintos s'en van en lou vén.
Quand lou mau cruel que m'afollo,
Me fai plourra d'uno humou follo,
Mous pauvres enfans, moun fecours,
La bello Cipris, fas amours,
Et millo vertus affemblados,
Deffus fas toumbos defcouiffados,
Paffoun las niochs amai lous jours,
Dins lous foufpirs & dins lous plours.

Fier deſtin, dur, inexourable,
Délouyal, cruel, execrable.
Que ſiez cauſo de tant de maux,
Et de tant de cruels aſſauts,
Traite mau, maudit, implacable,
Vai-t-en, que ieu te doune au Diable,
Sans me troubla pus ma reſoun,
Vai-t-en, que la malodiſſioun
De Dieu te tenguo dins l'Affriquo,
Dins l'Eſpagno ou dins l'Ameriquo.
Mai quez aquo que diſe ieu?
Deſtin lou voulé de moun Dieu,
Que reglos en ſa providenço,
Ce que te coumando & diſpenço;
Pioi que cap dins lou mounumén,
Noun vai ſans ſoun coumandameñ
Tu que ſans gés de differenço,
Regnos en tant d'indifferenço,
Que rendes égaus dins tas leis,
Lous bergez embé lous grans Reis.
Seigneur noſtro feblo naturo,
Et noſtro peno fiero & duro,
Noùs ſai eſtravaga ſouvén,
Et nous donno forſo tourmén.
Mai ben que voſtro man me blaſſo,
Que m'afflige & que me terraſſo,
Yeu vole beni voſtre noum,
Et ſie que la tentatioun,
Age fach plega ma counſtanço.
Vous ſez touto moun eſperanço,
Moun ſalut & moun recounfort.
Grand Dieu tout-puiſſant & tout-fort,
Ben que dedins voſtres abiſmes

M'agas troubat rempli de crimes,
Fafez me graço, amai perdoun,
Prenez grand Dieu compaffioun,
De nautres & de noftro villo.
Tout s'en vai deja filo à filo.
Voftre pople tout deffequat,
Semblo que l'agoun enmafquat.
Et noun lia pas cap de famillo
Qu'oun age perdut fil ou fillo :
Talamén qué tout cap d'houftau,
A agut truc, pic, ou tuftau.
Jamai noun ai vift tallo guerro.
Yeu toumbe dau mau de la terro,
D'aufi parla de tant de morts.
Soixanto, quatre-vingts, cent corps
S'enterroun emb'uno journado,
Tant noftro villo és endequado.
Tau és ioi en bono fantat,
Que deman fe trobo enterrat.
L'autre coum'un home de foufre,
Dirias que l'an fourtit d'un goufre,
L'yol toufiour eftaquat au fou,
Que tout tranfit tramblo de pou.
Aqués fiecle és tant variable,
Que noun fai laiffo rés d'eftable.
Caufo eftrangeo que lou pus fan
Mouris dau jour au lendeman.
Noun lia rés que tengo fuftillo,
Yeu me courbe coum'uno billo,
Et fau ben fouvén, volgue ou noun,
Quauquo gefto de pantaloun,
Quand tant de cruellos nouvellos
Troubloun moun fén & mas cervellos.

Un amic noun fe trobo pas,
Per vous tira d'un mauvez pas,
Quand ferias cent cops mai en peno
Qu'oumpas un aze de Valleno.
Lous pus certains foun lous courbeaux
Lous carnaffiés & lous toumbeaux.
Grand Dieu plén de mifericordo,
Tiras lou flagel & la cordo,
Car, helas! qu'és ce que farén?
Et qu'és aquo que devendrén?
Lia-t-i cap de rigou pareillo?
S'aiffo duro quinto merveillo,
S'aiffo duro, noftre bon Dieu,
Pouden dire au bon-heur adieu;
Car l'un pus negre que de pego,
Coucho fans paillo & fans marfego
Dins un camp, au lon d'un camin,
Et l'autre tout nud coum'un chin,
Fa mai de pietat de lou veire
Cent cops que lon noún faurié creire.
L'un aura traücado la pel,
En trento pars coum'un cruvel;
Et l'autre, pioi qu'ou fau tout dire,
A millò fés incaro pire.
La plus-part mouriffoun de fan,
Lou paire abandouno l'enfan,
L'enfan abandouno lou paire,
La maire, la forre & lou fraire.
Jamai tallo calamitat,
S'oun avez de nautres pietat,
Ni jamai femblablo mifero,
S'oun apaifas voftro coulero:
Car deja la mort tiro tout,

De l'un juſquos à l'autre bout.
Noun reſto que de gens de paillo,
Que lou mau, la mort ni ſa dallio,
Noun an pougut leva d'aici,
Gens que noun an d'autre ſouci
Que de rauba, & ſa ripaillo,
Méchanto & maudito canaillo,
Qu'oun an ni creſenſo ni lei,
Qu'au lioc, moun grand & puiſſant Rei,
De vous faire millo prieros,
Fan ſoun Dieu de las bonos cheros,
Maudits, méchants & dépravas,
Que deſpioi que ſoun eſcapats,
D'aquel mau cruel & funeſto,
De cado jour ſan uno feſto.
Aquel dequé l'enterramén,
De ſa fenno és fach freſquamén,
Crei eſtre lou Rei de croutelo,
Se vei quauquo gentio femelo,
El la voudrié, lou meſmo jour,
Entretene de ſoun amour,
De ſoun tourmén & de ſa flamo,
L'apelan ſoun cor & ſoun amo.
La dount lou marit treſpaſſat,
De qui lou dou és leu paſſat,
N'enten pas gez d'autre lengage,
Que de parla de mariage,
Perdén d'un yol ſec & tarit,
Lou ſouveni de ſoun marit,
Ben que l'ague aimado & ſervido,
De groſſo amour touto ſa vido.
L'autre pau à pau relevat,
Dau cruel mau que l'a toucat,

Pus lourd qu'uno groffo beftiaffo,
Noun rend au ciel ni vœu ni graffo,
Et foun traite ladre de cors,
Noun foungeara qu'au ben das mors.
Malhurous qu'oun fap quand ni couro
Vendra fa bono ou mauvaifo houro.
Maraudas que noun iugeo pas,
Que s'és yoi, deman noun és pas.
Emb'aquo s'en fa mai à creire,
Que n'és pas pouffible de creire.
Lou vefin fans eftre requis,
N'a pas ren qu'oun vous fié acquis,
Vous fai millo & millo proumeffos,
De prouteftatiouns, de careffos :
Cependan taftas li lou poux,
Frech coumo un cadenat de poux,
Vous quito foubs certain pretefto,
Que s'és fourgeat dedins la tefto.
De quint couftat que vous virés,
Ni fai ni lai noun trouvas rés.
S'anas embé cauque vilage,
Ou que l'y mandés un meffage,
Per quauque affaire qu'y aurés,
En quauqu'un que parla voudrés,
Quand ferias tout fant & tout fage,
Tantequan vefez un vifage,
D'un gros ruftre, d'un maraudas,
D'un couguieu à double rebras,
Nafcut en la nouvelo luno,
Que d'uno paraulo importuno,
Vous cridara, n'avancés pas,
Qués aquo que fai demandas,
D'un toun de voix tant esfrouiable,

Que femblo qu'aufiffez lou diable,
En l'halabardo ou l'efpiot,
Ben que lou couguieu noun fe pot
Arma de gés d'armo pus forto,
Que de las dos banos que porto,
Talamén que quatre pillars,
Petaffats que n'an pas fieix liàrs,
Dedins un mas, vilage ou grangeo,
Faran lou conte de l'eftrangeo.
Atabé d'un countrari cours,
Tout s'en vai certo à peu rebours.
Anfin noftro pauro campagno,
N'és pas exento de magagno,
De tribulations, de tourméns,
De laguis & de penfaméns :
Car per tout y a tant d'affaire,
Que l'on noun fap deja que faire,
Et lous paures refugiats,
Soun talamén embarraffats,
Que la plus-part an leur cabano,
Couverto de jounc & de cano,
Subiets à la plogeo & as véns,
As catarris & maux de déns,
Sans pan, fans vin, & fans pitanço,
Pléns de vermino & de mangeanço,
Reduits certos emb'un tau poun,
Que fan grando coumpaffioun :
Et noun lia couftanço tant forto,
Que noun roumpe baroul & porto.
Grand Dieu, agas de nous pietat,
Perdounas noftro infirmitat,
Sias nous noftre Dieu fecourable,
Sias nous doux, benin & affable.

7

Et que voftro grando bountat,
Au lioc de la feveritat,
D'uno graço fanĉto & benido,
Nous fié per jamai defpartido :
Car nautres recouneifen bén,
Que noftre mau & noftre bén,
Dépend de vous, grand Dieu fupreme.
Atabé crefen tout de même,
Qu'apres qu'auren prou endurat,
Nous tournarés noftro fantat ;
Et d'un yol doux & favourable,
Nous regardarés pitouyable.
Es anfin nautres benirén
Voftre fanĉt nom inceffamén,
Vous renden loüanges & graços,
En toutes liocs, endrechs & plaços.
Mai Mounfegnou, que farai-ieu ?
Qués aquo que devendrai-ieu ?
S'aqueft malhur me perfecuto,
Yeu crefe que foui la buto,
Ount lous pus fachoufes deftins,
Debandoun fous trets pus malins :
Autro caufo pode pas creire,
A ce que mous yols me fan veire.
D'aiffi, d'aqui, d'amoun, d'aval,
Nioch & jour aufiffe un rambal,
Que me ten toufiours en bourdoüillo,
De quauque diable de patoüillo,
Que met moun efprit en prifoun ;
Ou pus leu d'uno garnifoun,
Qu'infenfiblamén & fans ordre,
Dins lou mas m'és vengudo mordre,
Incaro que de tout couftat,

L'houſtau ſié fort & bien croutat,
Coumpouſado de mai d'harpios,
Qu'oun lia dins l'enfer de furios.
Yeu vous dirai dounc emb'un mout,
Pioi que fau qu'ieu ou digo tout,
Que noun creſe pas que dins l'archo
De Noé lou grand Patriarcho,
Y agueſſo tant de beſtiau,
Coumo ieu ai dins moun houſtau ;
Incaro que de tout'eſpeſſo
Maſcle & femelo l'y fougueſſo,
Quand lou grand deluge venguet,
Que tout lou mounde ſumerget.
Aquo ſoun pas cauſos frivolos,
Ratopenados & lingrolos,
Taupos, laſers, tavans, mouiſſaus,
Eſcaravats, ſerpens, grapaus,
Courpataſſes, chotos & graillos,
Soun nioch & jour ſus mas muraillos,
Rats, grils, grenoüillos que ſans fin,
Me tourmentou coumo un lutin :
Et la tariragno à roundelos
M'a bé tant filat de ſas telos,
Que nia per bics & per merciez,
Et per marchands canabaſſiez.
Quau bé qu'au jour de ma naiſſenço,
Quauquo malhurouſo influenço,
Preſideſſo ſus mas humeurs,
Per me cauſa tant de malheurs.
Ou qu'aquel jour toutes lous aſtres,
Noun preſageſſoun que deſaſtres.
Vous veſez, moun puiſſant Segnou,
Se moun ſort és cruel ou nou :

Pioi que noun ai ni fin ni paufo,
Que noun m'arive quauquo caufo,
Coumo aro memes vous dirai,
Mai que m'efcoutés, fe vous plai.
Darrieiromén, pot pas fa gaire,
Per vous ben counta moun afaire,
Fauguet que m'en anez dourmi,
Dedins lou mas d'un mieu ami :
Mai dourmi, cagnie dourmitori,
Yeu ero dins lou Purgatori,
Et las mendros pars de moun cors,
Soufriffien millo & millo mors ;
Car per lou méns cent millo nieiros
A cartaus, bouiffels & pounieiros,
Pefouls, punnaifos, per defpiech,
M'aneroun fourti de moun liech,
Et rebaleroun trento paffes,
Moun perpoun, mas cauffos & baffes.
De forto que ben eftounat,
Coum'un fuftani boutounat,
Noun vefias que relevaduro,
Deffus ma pauro carnaduro.
Atabé de tant me griffa,
Yeu noun fçavie defia que fa,
Ni mefmes à que me proumetre.
Dins lou liech de me tourna metre,
M'anere tantequan foungea,
Aqui te vendran affiegea.
D'ana carga moun houngrelino,
Yeu la vefie d'eftoffo fino,
Semenado de gros pefouls,
Qu'atendien de fe fa fadouls,
De triffa & faire carnage,

As defpens dau paure grand Sage.
Mai cepandant qu'aurien dinat,
Couffi aurie ieu reguinat.
Jamai tau gratamén d'efquinos,
Quioiffos, aiffellos & tetinos,
Et fans deffoublida lou col,
M'y quallie courre coum'un fol :
Car aquel ennemic s'ataquo,
A la part pus tendro & pus flaquo
Et à grand peno un foulét,
M'agueffo gagnat lou coulét,
Si ben qu'emb'aquellos tenebros,
Triftos, lugubros & funebros,
Tout nut coumo l'enfan que nai,
Faguere veni moun laquai,
Per m'aluma fans pus atendre,
Bon fioc, afin de me deffendre
Au frech fachous que pau à pau
Troublavo deja moun repau.
Et Dieus ou fap s'en temps de bifo
Fai bon eftre tout en camifo,
Notamén quand és la faifon,
De s'aproucha dau fougueiron,
Qu'eftimas mai uno flamado
Qu'oumpas uno miegeo flaffado.
Cepandant dife fregeamén :
Laquai, pren moun acoutramén,
Et vai me faire facrifice,
Per me tira d'aqueft fuplice,
De tout aqueft maudit beftiau,
A quauque Diable infernau.
Adounc moun brave triffo-moutos,
Que lous veguet à las efcoutos,

S'en vai au cagnart dau foulel,
Emb'un autre belitre emb'él,
A grands cops d'ounglos das dous pouffes,
Tua lous blancs, amai lous rouffes.
Coumo aquo fouguere vengeat,
Dau beftiau que m'avie mangeat.
Tant y a, couffi que tout tire,
Sie ben ou que moun mau s'empire,
Yeu ferai, voulgas vous ou nou,
Tout voftre, moun puiffant Segnou.
Et fe noun dirai pater noftre,
Que noun témogne que foui voftre :
Car ieu pregarai toujours Dieu,
Que la parquo alongue foun fieu.
Que fe vous douno autant d'annados,
Coumo lia de legos countados,
D'aiffi jufqu'en Hierufalem,
Vieurez mai que Matufalem :
Lou bon Dieu vous faço la graço,
Et que vegas un jour fa faço,
D'un defpart ben-huroux au Ciel,
Apres un age long & viel.

LAS AMOURS D'AU BERGÉ FLORISÉE,
et de la bergeire Olive.

AU Printemps efmailla de flous,
  Que l'air és clar, feren & doux,
Olivo la bello bergeiro,
Menavo fous agnels belan,
Toujour fas eftoupos filan,

Lous paiffe lon d'uno ribieiro.

Ribieiro que tous lous entours
Das bords de foun humide cours,
Eroun de boffes & de prados,
De grands & de larges camins,
Toutes couvers de jauffémins,
De rofos & de girouflados.

Aqui venien lous majouraus,
En fas claufiffos & barraus
Paffa las journados entieiros.
Aqui trés à trés, dos à dos,
S'affemblavoun dedins lou bos,
Au pus fort d'au caut las bergeiros.

Aqui cantavoun de canfous,
Fafien de diverfos faifous,
De centuros de lano fino,
Ou de courdouns que tout exprez,
Eroun per douna pioi aprez,
As bergez qu'avien millou mino.

Lous bergez d'un autre couftat,
Qu'amiravoun tant de beautat,
Noun poudien tené countenenço,
L'un jougavo dau flageoulét,
L'autre s'efcartavo foulét,
Brulat d'au fioc de lour préfenço.

Mai Cupidoun fin & rufat,
D'un ferre de flecho brefat
Au fioch de l'amouroufo flamo,
El vous caufis & tiro à poun,
Emb'un qu'y trauco lou perpoun,
La camifo, lou cor & l'amo.

Aquel ero un certain bergé,
Fil d'un ruftiquo meinagé,

Qu'on apelavo Florifeo,
Gaillard, habillat de burel,
Que lou courdou de foun capel,
Ero tout couvert de lieureo.

D'abord qu'el fentiguet lou cop,
Dedaignous jeto foun efclop,
Se facho entr'él-mêmes, s'eftivo,
El crei d'eftre, & de n'eftre pas,
Noun fap s'és ou ben s'oun és pas,
S'és à él, ou él à Olivo.

Cependan déjà lou foulél,
Per la veire pus bello qu'él,
S'en va, fe retiro & s'eftremo,
Que faguet que tous lous bergés,
Tant lous vefins coum' eftrangés,
Se retireroun tout de mêmes.

Mai helas! qu'és ce qu'arrivet,
Quand Florifée noun trouvet
Olivo, fa chero coumpagno.
El verfet uno mar de plous,
Qu'arouferoun toutos las flous
Qu'eroun per aquelo campagno.

Trifte coumo un bounet de nioch,
El anavo de pioch en pioch,
Sans creigne feren ni fereno,
Et noun liaguet boffes ni prats,
Bartaffes, rivos ni valats,
Que noun temougneffoun fa peno.

Enfin, las de tant tracaffa,
El s'affeto per s'ajaffa,
Et d'uno amo touto captivo,
El noun penfo qu'à foun amour,
Et paffe la nioch jufqu'au jour,

Per tourna veire foun Olivo.
    Soun bras acoüidat, cado fés,
A fa tefto fafié cabés,
Apilado fus fa man plato,
Et fans eftre touquat dau fon,
De fous yols rajavo uno fon,
Qu'aurie fach moure Salicato.

    Entremén qu'el fouffris anfin,
La nioch per fa plaço au matin,
Se fauvo embé fa negro mino,
Et l'aubo en foun cors incarnat,
Que lou foulel liavié dounat,
Moftro fa raubo de la Chino.

    Déja lous bergez foun as chans,
L'on vei vouiagea lous marchans,
L'aloufeto canto & brefillo.
Quand Florifeo tout trouffat,
Se levo, & coumo trefpaffat,
S'eftén, badaillo & s'efterillo.

    El regardo d'un yol moüillat,
S'el ero affez ben habillat,
Per plaire à fa bello bergeiro,
Et d'un pas tardif & pefan,
S'en vai drech emb'un paifan,
Que venié lon de la rivieiro.

    Li demando en termes counfus,
S'el avié vift veni degus
Que meneffo moutouns ou fedos;
L'autre prountamén li refpon,
Que n'avié vift, mai qu'éro lion,
Qu'avien delargat de las cledos.

    Li juro, lou vefen troublat,
Qu'avié vift à l'entour d'un blat,

7 *

D'aignels embé cauquo baffivo,
Li prouteflo & fai fagramén
Que venien infailliblamén,
Et qu'eroun aquelos d'Olivo.

 Adoun Florifeo noun fap,
Se deu prene un habit de drap,
Que fous pus bel qu'aquel que porto,
De malhurous fe dis hurous,
Et d'un air talamén jouious,
Que lou gauch & l'aife l'emporto.

 El vous efpouffo fous caufiez,
Entoubé que fouffoun grouffiez,
Soun capel, foun perpoun, fa cauffo,
Et dau bout das artels au fou,
Jufquos que la cambo li dou,
Se ten bandat, regardo & s'auffo.

 Regardo fe verié veni,
Aquelo que lou deu beni,
Ou que li deu coufta la vido.
Tantos monto deffus un pin,
Ou s'avanço lon dau camin,
Seloun que foun amour lou guido.

 S'el entrevei veni cauqu'un,
Li vai drech vite coum'un fun,
Crefén qu'aquo fié fa meftreffo,
Et pioi quand vei que noun l'és pas,
El s'entorno lou petit pas,
La tefto baffo de trifteffo.

 A la fin aprés eftre anat,
Eftre vengut, eftre tournat,
Elo ven à l'houro coumuno,
Que quand Florifeo la vei,
N'agués pas changeat emb'un Rei

La counditioun de ſa fourtuno.
Soun viſage tout avalit,
Tournet freſc, ſerén & poulit,
Et noun ſans cauquo incertitudo,
Car el noun ſap ſe lianara,
Ou ben s'elo ſe fachara,
Se li vai fa la ben-vengudo.

Sus aquel countrari partit,
Olivo petit à petit,
Meno ſous aignels dins la prado,
Qu'oubligeo Floriſeo adoun,
D'y ana lou capel au poun,
Per li faire la bonnetado.

D'un perpaus coumo qu'a pecat,
Lou ginoul en terro plegat,
La paraulo touto mourento,
Li coumenço à tene diſcours
Sur lou ſubjet de ſas amours
Et ſur lou mau que lou tourmento.

Li dis qu'el ero tout ſoun fioc,
Que noun trouvavo pauſo en lioc :
Que patiſſié mai que las peiros,
Et coumo l'enfan qu'és au brez
Se met à ploura pioi aprez,
Que ſous yols faſien de rivieiros.

Elo noun ſap à que penſa,
S'aquel bergé vou treſpassa,
Ou ſe farié de l'hypoucrito,
Noun s'en chau de ſoun ſouſpira,
Mai quand elo lou vei ploura,
Aquel plour à ploura l'incito.

Soun cor pus tendre millo fés,
Que noun és pas lou burre frés,

Moüillo foun yol à la mêmo houro.
Chacun plouro de foun couftat,
Qu'es caufo qu'emb'aquel eftat,
L'un per l'autre foufpiro & plouro.
    Sus aquo venoun de troupels
De moutouns, de fedos, d'aignels,
De bious, de vedels & de vaquos,
Lous uns mangeon dins lous valats,
Lous autres paiffoun per lous prats,
D'autres dins lou bofc en las blaquos.
    Lous bergez lous venoun troubla,
Que lous deftournoun de parla ;
Ce que lous facho & lous dedagno.
Mai que fagueroun toutes dous ?
Elles s'en van de réfcoundous,
Per s'efcarta de leur coumpagno.
    Elles s'en van dounc à l'efcard,
Jufquos à ce que fouffo tard,
Aqui las larounos œillados,
Las mignardifos & poutouns
Et las careffos à plen founs
N'y fougueroun pas efpargnados.
    Ello l'apelavo foun cor,
Sa richeffo & tout foun trefor,
Soun mignoun & fa pus chero amo,
L'autre l'apelavo foun jour,
Soun foulel, foun tout, foun amour,
L'uniquo fubjet de fa flamo.
    Cauquos fés ello li fafié,
Embé de fioillos de roufié,
De bouquets, embé de blavetos,
Et quand noun ne troubavo pas,
Lou muguet n'y manquavo pas,

Lou fouci, ni mai las vieuletos.
  Eles aguessoun desirat,
Qu'aquel jour aguesso durat
Uno annado touto coumpleto.
Mai la nioch que ven en foun téns,
Jalouso de leurs passaténs,
Lous presso de faire retreto.
  Toutes dous se toquoun la man
De se veire lou lendeman.
La nioch ven, & lou jour fai gillo.
Et de pou de cauque raumas,
Chacun d'eles vai à foun mas,
Et ieu m'entorne dins la villo.

STANCE, A MOUNSEIGNOU
de Chastillon.

SE vesen aproucha lou Rei,
  Et que vengo coumo l'on crei,
Per pauc que l'armado se mostre
Yeu me vole faire ensegna,
Pioi que ieu me fabe segna,
Lou Credo, amai lou Pater nostre,
  Emb'un Sanct me vole voüa,
Que de me voulé fa tua,
Per noun prene d'aigo fegnado,
B'aime mai dins un benitié
L'y cabussa lou cap premié,

Que d'efpera talo journado.
　　Devot au davan d'un autat,
Aqui vole faire pietat,
En gemiffen cado paraulo,
Vau bé mai fa de la faiffou,
Que d'eftre més en limaffou,
Dins lou clos d'uno cagaraulo.

　　L'un dis que vou mouri zelat,
L'autre que vou eftre brulat,
Ben que s'en fie perdut l'ufage :
Et ieu counfeffe tout à plat,
Que vau mai eftre efcambarlat,
Et vieure un pau mai davantage.

　　N'autres n'aven que vous dirias
Que foun toutes fantifias,
Et fur aquo foun d'ateiftos,
Que fe lou Rei quauque matin,
Li fafié fa trin, trin, Martin,
Per fieis blans fe farien papiftos.

　　De la noun deu veni lou lun,
D'aqui vefen fourti lou fun,
Qu'en de cols penjoun d'Agnus Deus,
Que s'en vefoun per lous pourtaus,
Qu'au lioc d'eftre vrais huganaus,
Soun d'Argus & de Briareus.

　　L'on vei tau, doun la proufeffion
Deu reprima la fedition,
Qu'aquel és lou premié que groundo,
Qu'esfrountat vai laugeiramén,
Sans reçaupre coumandamén
Sur la muraillo fa la roundo.

　　L'autre qu'oun a pas mai de fén,
D'uno tefto pleno de vén,

S'eícarto & fai lou neceffari,
Et perqué fai aquo digas ?
Es à caufo que noun és pas,
Coumo lous autres penfiounari.

　Lou prouverbi, qu'argen fai tout,
Mai lou ben faire paffo tout,
Es trop vertat, & lous pus groffes,
Incaro qu'ajoun de mouyens,
Aujourd'hioi fe faran paiens,
Mai que touqueffoun forço cloffes.

　Tau mefdis, Mounfeignou, de vous,
Que mai que vegueffe la croux,
Et que counteffoun de mouninos,
Aquel quitarié vitamén,
Lous pfiaumes & lou teftamen,
Per ana prene de matinos.

　Aro emb'aquel temps fen venguts,
Que vivat, mai qu'ajan d'efcuts,
Aqui l'yol d'un chacun roudillo,
Tout lou mounde vou grivolla,
Que lou diable fie tant parla,
Quand ieu noun toque de ramillo.

　Cependant dedins Mounpelié
Li fan coumo rats en paillié :
Chacun tacho d'y eftre en credi,
Et nous troubaren au billoun,
Se Mounfeignou de Chaftilloun,
Noun y bouto quauque remedi.

ODE, A MOUNSEIGNOU
de Montmorency.

BRAVE Duc, & pus brave incaro
  Que l'on noun fe pot figura,
Efcoutas ma mufo barbaro,
Que ven per vous affegura,
Que fe las fillos de memorio,
Dau truc de Parnaffo la glorio,
De leur meu m'avien onch lou bec,
En ma baffo & vulgario rimo,
Yeu founarié fus mon rebec,
Voftre nom que la Franço eftimo.

  Mai el cau qu'ieu ou entreprengo,
Jamai noun m'en fçaurié garda,
Et cau que fié que m'en reprengo,
Si ou vole ieu hazarda.
Que fe lou luth que ma man pinço,
A un Vice-Rei de Provinço,
Pot eftre un jour plafén & doux,
Yeu li farai cent milo aubados,
Et feran las pus grand' favous
Que jamai me fien arrivados.

  Millo vertus que coumo eftellos
Se vefoun en vous trelufi,
Seran de mas canfous pus bellos,
Lou fujet qu'ieu vole caufi,
Et noun liaura bofc ni mountagno,
Valoun, rivieiro ni campagno,

Que noun m'aufifquo fredouna.
Las Nimphos que voftr'amour piquo,
Vendran leurs danç
os ourdouna,
Au fon de tan bello mufiquo.

   Aquo fera tout moun ramage
Mous déts n'auran jamai repaus,
A la villo amai au village
Tendrai pas cap d'autre perpaus.
Las bergeiros gentios & leftos,
Me veiran à toutos leurs feftos,
Et quand dirai per vous vanta
Las canfous qu'ai fach tant divinos,
Quitaran per m'aufi canta,
Hauboiffes amai chalaminos.

   Las Domaifellos tant poulidos,
Qu'à tau poun vous an agut vift,
De voftre vifage ravidos,
Vendran toutes à moun avift,
A l'entour de ieu atroupados,
Efcouta mas douços tirados,
Et quand aurai dich lou roulét,
De mous airs en lengo vulgario,
De leur en aprene un coublét,
Me faran uno grand pregario.

   N'efpere pas pus rez qu'un figne,
De voftres yols tant foulamén,
Qu'incaro qu'ieu né fiego indigne,
Per aquo n'en farai pas mén.
Beleu coumo moun cor defiro,
Phœbus accourdara ma liro,
Phœbus que fai mai que noun dis,
Quand vou vanta cauquo perfouno,
Et que nia pus bel Paradis,

8

Qu'aquel que fa louangeo douno.
  Se m'arrivo tant de fourtuno,
Yeu noun ferai pas pareffous,
De metre pus haut que la luno,
Voftres braves predeceffous.
Et ravit dau Dieu que m'emporto,
Dirai d'uno voix pleno & forto,
Que lous ennemics de l'Eftat,
An toujour redoutat leur lanço,
Et coumo leurs mans an pourtat
Quatre fés l'efpafo de Franço.
  Lou jour qu'aquel Rei fans exemple,
Alexandre lou Grand, nafquet,
L'image d'Orphée emb'un temple,
Ragea de fufou parefquet.
Aquo voulié dire la peno,
Qu'aurie per foun fujet la meno
D'aquel brave chantre divin.
Mai l'y aurié bé d'autres miracles
Per tau de vous, fe lou deftin
Noun avié més fin as ouïracles.
  Aquelos grandos piramidos
Qu'en Egipto defpioi tant d'ans,
Tout exprez fougueroun baftidos,
Per counferva lou noum das Grands,
Lou temps que toutos caufos mino,
Ne fara veire la rouïno;
Nia rez que la divinitat
De la mufo & de foun ouvrage,
Que grave dins l'eternitat,
Las vertus d'un grand perfounage.
  Mai ieu vefe bé qu'ieu embraffe
Un deffein trop adventurous,

Et per lou premier cop ieu paffe
Dins un gouffre trop dangeirous.
Vole premieiramén atendre,
Se prendrez plafé de m'entendre,
Car noun pourrai pas perilla,
S'uno fés ma mufo remarquo,
Voftro claro eftello brilla
Favourablo deffus ma barquo.

    Per tau de fuge aquello rifquo,
Yeu metrai fin à moun difcours,
En pregan lou Ciel que benifquo,
De voftros annados lou cours,
Et que de vous & de Mario,
Rouiallo perlo d'Italio,
Sourtigoun forço beaux enfans,
Que vengoun fegui voftro traço,
Toutes braves & trioumphans,
Pioi que foun de tant bonno raço.

STANCES AU MESME.

PIOI que Dieus lou bon Dieus ou vou,
    Yeu noun ai pas un f... fou,
N'és pas lou temps que las piftolos,
Dedins ma pocho en compagnié
Fafien coumo rats en paillié,
Millo fauts & millo bricollos.

    Lou joc qu'és moun vrai elemén,
A tarit infenfiblamén

Lou rieu argentin de ma bourço,
Et mouririé defesperat,
S'aros que foui tant alterat,
Vous me deffendias voftro fourço.

　　Las mufos me viroun lou quieu,
Et refrougnados contro ieu,
Sans accord & fans armounio,
Aros toquoun moun inftrumén
Parce qu'on dis coumunamén,
Qu'oun a d'argen n'a pas de mio.

　　Defpioi long temps dous cent efcus,
Coumo fabez me foun deguts
Per caufo jufto & legitimo,
Mouffur, cancellas l'oubligat,
Coumandas que jeu fié pagat,
Et vous aufirez forço rimo.

DIALOGUO DE DOS PAYSANDOS,
fur l'intrado de Madamo de Montmorancy.

Francefo.

M A forre, que de merevillos !
　　Yeu voudrié que toutos las fillos,
De toun village amai dau mieu,
Quitant leur filoufo & leur fieu,
Sai fougueffoun aiffi vengudos :
Danfarian coumo de perdudos,
Farian rages das pes darriez.
Noun aufiffen que meneftriez,

Per toutes lous cantous de villo.
Yeu crese que sai n'a dex millo,
Tant tout sai troto çai ou lai
Margot, digos me, se te plai,
Ount as estat ? ount sies anado ?
Ount as-tu ta legno pausado ?
Quas tu fach despioi de matin ?

Margarido.

Qu'ai fach ? noun pas un grand butin.
Ai pausat mas cargos de legno
Davant lou logis de l'Enseigno.
Ai laissat per sept ou hioch sous
Tout aquest grand plen panié d'ious :
Et noun ai agut fin ni pauso
Per veire aquesto bello causo,
Et qu'oun age mez moun bestiau,
Dins l'estable d'un dau Courrau.
Mai digo m'un pau, ma sourreto,
Ount as-tu laissat la carreto ?
Que tu noun agos menat Ion ?

Franceso.

Ion s'endort dessus, qu'avié son,
Per tau qu'aquesto neit passado
Jusquos que l'aubo s'és levado,
S'és amusat à fa l'amour :
Ansin a veillat jusqu'au jour,
Embé sa fraingairo Loüiso.
Quand uno persouno deviso,
Lou temps coulo sans y pensa.
Ion n'és fat qu'oun pot pas pissa.
Au Courrau nous atén que buffo,
Endourmit coumo uno bouduffo.
Aqui tout yoi lou trouvarén,

De l'houro que nautres voudrén.
Vegan soulamén jufqu'à vefpros,
Tout aiffo de cauquos feneftros :
Car cau que tu deguos fçavé,
Que ieu ai vendut atabé
Mous froumageous & mas cerieiros,
Tout en coucho per las carrieiros
Et n'ai fach un mercat pourrit ;
Et defpioi ai toufiour courrit
Deçai, delai, coumo uno folo,
Per veire de trouva Nicolo ;
Afin que veguez de lefé,
En nous autros tout lou plafé.
Mai aquelo defefperado,
San nous atendre s'en anado.
Toutos-fés digos m'entremén,
Qu'as vift digne d'eftounamén ?
Car ieu fai foui touto ravido.
Conto m'ou dounquos Marguarido.

Marguarido.

Yeu ai vift, à bels troupelats,
D'homes qu'eroun toutes armats,
Et qu'à grands cops d'arquabufados,
Fafien refoundi las calados :
D'autres, tant à pé qu'à cheval,
Que d'amoun venien affaval.
L'un descendié, l'autre mountavo.
Tantos l'un l'autre fe pouffavo.
Aquo noun eroun que d'anas,
Que de venis, que de tournas.
Lou Pile-Sant-Geli noun ero,
Que cris de vai, de ven, d'efpero,
Tourno deçai, tourno delai,

Eſpero m'un pau ſe te plai.
Tout lou mounde liero en varaillo.
Agueſſes viſt fur la muraillo,
Des gens que juſquos as varléts,
Mountavoun deſſus lous merléts.
Lous uns anavoun de deforos,
N'y avié que pourtavoun de gorros,
D'eſcharpos ou quicon de bel,
D'autres de ploumos au capel.
Agueſſes dich qu'eren en guerro.
Aneroun au miech d'uno terro,
Vers lou camin de Caſtelnou,
Que de tant qu'eroun, faſien pou.
Pioi s'en vengueroun vers la villo,
Tous lous gendarmos à la filo,
Toûjour pif, pouf, patrac, patrac,
Tiravoun que faſien lou drac.
Noun niauié petitos ni grandos,
Ni bourgeſos ni artiſandos,
Que per ou veire pauc ou prou.
Noun agueſſoun un feneſtrou.
Agueſſes viſt las doumaiſellos,
Que faſien aqui de las bellos.
L'on noun veſié que charmarié,
Tout lou lon de l'Aguliarié.
Las carrieiros entraveſſados
De bels pourtaus facs en arcados.
Et aval vers lou Counſoulat,
Tout aquo n'és enramelat.
Yeu pode dire qu'à ma vido,
Noun ai viſt cauſo tant poulido :
Ni jamai tant que ieu vieurai,
Talo belezo noun veirai.

Francefo.

S'ou aviez tout vift, Marguarido,
Tu feriez bé millou ravido,
Coumo ieu qu'ai vift en aval,
De doumaifellos à cheval,
De la centuro en haut armados,
En leurs gounellos chamarados
En de grand paffaman d'argén.
Jamai noun ai vift talo gén :
Sinoun que toutos las perfounos,
Las apelavoun d'Amafounos,
Pus bellos, moun enfan de Dieu,
Que noun és pas un jour d'eftieu.
Aquo noun eroun pas de fillos,
Eroun pus leu de merevillos.
Aufiffias à cado cantoun,
Lou tambour para pata poun,
Et la troumpeto que founavo.
Lou Diable la rés y manquavo,
Vieulouns, mandoros & laûts,
Pifres, chalaminos, flaûts,
Et de géns qu'embé leurs voix plenos,
Cantavoun millou que d'ourguenos.
Iamai de tout lou lon de l'an,
Mouffen Ion noftre capelan,
En foun clergue que li repliquo,
N'a fach de tant belo mufiquo.

Margarido.

Mai, Francefo, el faudrié fçabé,
S'aiffo fe fai per mau ou bé ;
Car s'aiffo menavo la guerro,
Couffi labourarian la terro ?
Couffi farian de femena ?

Que pourrian faire per dinna ?
Dieu nous gardo de talo efcorno,
Pourrian bé demanda l'aumorno
Dins méns de la mitat d'un an.

Francefo.

Que tu fies baugeo, moun enfan !
Noun vefes-tu qu'aquefto intrado
Es eftado atau preparado
Per aquelo Damo d'ailai,
Que van mena dins un palai,
Qu'és au mitan de la carrieiro,
Dins aquello bello litieiro.
Regardo, noun vefes aici,
Madamo de Mommouranci.
Roudillo la bén, Marguarido.

Marguarido.

Iefus, Segneur Dieu, qu'és poulido !
Ma fourreto, que me countas !
Per ma fé, ieu n'ou fçavié pas.
Se ne fouffo eftado infourmado,
Yeu avié uno girouflado,
Trés rofos & cauque gaujét,
Toutes enfemble emb'un bouquét,
Qu'ieu n'aurié fach de cor & d'amo,
Un brave prefén à Madamo,
Qu'ello aurié prez de for bon grat,
Vefén ma bono voulountat.

Francefo.

Taifo-té. Fas-tu de la baugeo ?
Crido mai, afin qu'ello t'augeo.
Aparten-t-i as païfans,
De faire de preféns as grans ?
Chut, ma forre, ftai en filenço.

8 *

Marguarido.

Pioi qu'aiffi és voftro prefenço,
Et que moun yol vous pot caufi,
Madamo, fe vous plai m'aufi,
Se Dieu nous fai jamai le graço
De veire voftro belo faço,
Dins noftro vilage petit,
Dau pus gran jufqu'au pus petit,
Noun pas en tant grando fanfaro,
Mai au méns en fort bono caro,
Vendran à voftre lendavan,
Embé tout ce de pus bel qu'an :
Et au foun de las cornomufos,
En leurs bellos camifos crufos,
Danfaran lou long dau camin
Tout femenat de jauffemin.
D'uno autro part las païfandos
Auran fach de bellos guirlandos,
Ounté fe veiran las coulous
De millo & millo bellos flous,
Qu'en l'hounou d'uno talo fefto
Vous vendran paufa fus la tefto.
Adieufias, Madamo, ieu men vau,
Se voulez rez de moun houftau,
Seloun ma petito paurieiro,
Tenez me per voftro chambrieiro.
Yeu dirai coumo à Montpelié
Fai chacun en particulié :
Que noftre Segne vous benifquo.
Yeu pregue Dieu que nous aufifquo,
Et que vifquas jouioufamén
Jufquos au jour d'au jugeamén.

E L E G I E.

DINS l'efpeffou d'un bofc foulitari & fauvage
    Ounte nia rés de bel que voftre bel image,
Que toufiour m'acoumpagno, amourous afligeat,
Sans ne poudé fourti, ieu demore affiegeat.
L'aiguo que de mous yols inceffamén degouto,
Y a cavat un roc en faiffou d'uno vouto,
Que me pot bén defendre & la nioch & lou jour,
De l'injuro dau ciel, mai noun pas de l'amour.
Dedeffus un autat que fe vei à l'intrado,
Vous y fez de ma man au naturel pintrado,
Aqui cent fés lou jour lou vifage moüillat,
Et lou cor tout en fioc me trove aginoüillat.
Davan aquel pourtraict tout ravit ieu demore,
Et devoutioufamén lou revere & l'adore,
Li demande fecours & remedi à moun mau,
Et coumo s'ero un Dieu, de prieros li fau.
L'honore de perfuns amai de facrifices.
Bref aquo d'aqui foun toutes mous exercices :
Car moun fort amouroux fai qu'emplegan lou téms
Per un tant bon fubjet, mous efprits foun counténs.
Dins aquelo caverno acatiquo & humido,
Quand ieu vieurié cent ans vole paffa ma vido.
Aqui quand lou printéns miricouquat de flous,
La terro pintrara de cent millo coulous,
Jeu farai de ma man millo & millo guirlandos,
De rofos, jauffemins, girouflados, lavandos,
Vieuletos & foucis, que de chaquo couftat
Rengearai lou matin perdeffus voftre autat.

Touto forto d'auffels que foun dins lou boufcage,
Y vendran tout exprez per faire leur ramage :
Et acoumpagnaran de leur cant las canfous
Que ieu ai coumpaufat en diverfos faifous,
Per vous (chero Meftreffo) ô cruelo memorio !
Dau tens qu'un millou fort me coumblavo de glorio,
Que vefié voftro faço, & d'amour enflamat,
Tout de meme qu'aimavo, ieu ero autant aimat.
Pioi apres quand l'eftieu que rend la terro effucho,
Lous aubres d'aqueft bofc aura cargat de frucho,
Ce que premieiraméns ieu y rencountrarai,
De pus bel & millou, vous ou counfacrarai.
La refto emb'un cantoun de ma caverno efcuro,
Metrai per me fervi l'hiver de nourrituro.
Aladounc qu'és lou tens de la caffo en lou fréch
Anarai dins lou bofc au pus fauvage endréch,
Per trouva cauquo beftio alaïns refcoundudo,
Que fera de ma man fur la plaço eftendudo.
Afin de vous en faire un facrifice aprez,
Deffus moun cor glaffat oumbrageat de ciprez.
Belo, vefez aqui couffi ferés fervido
De ieu, paure amourous, lou refto de ma vido.
Que fe quand ferai mort per cop d'hazard un jour,
Lou deftin vous menavo emb'aquefte fejour ;
Crefe que de pietat dedins lou cor touquado,
Sur ma toumbo de flous farias uno bauquado.
Et quand de noftr'amour adounc vous fouvendrié,
Beleu de voftres yols cauque plour defcendrié
Deffus moun cor glaffat que fentirié incaro
Un plafé merveillous d'uno favou tant raro :
Et fans doute dirias que la parquo a grand tort,
De m'avé fach tant leu lou butin de la mort.

ELEGIE.

YEU crefié que Venus & touto fa fequelo,
  Noun me poudien dreffa jamai pus de querelo
Et que l'aftre cruel que me dono lou jour,
Me farié defcouvri l'embufcado d'amour.
Paure mal-avifat ! d'oun avé en ma cervello
Lou trifte fouveni de ma peno cruello,
Et de noun reffenti moun goufié ulcerat.
D'aigo fort & d'enguen tout moun cors alterat,
Moun fang tout efpuifat per lieuros, noun per ençõs,
Me devien per lou méns eftre autant de femounços,
Per me rendre pus fage & per me retené,
D'aquel malhurous trin que yeu devie tené.
Yeu avié refoulgut de refourma ma vido.
Et tene lion de yeu l'amour folo banido,
Craignen de retoumba en ma premiero errou,
Deteftavo aquel fexe & l'avié en horrou.
May yeu changere leu de cor & de lengage,
Tau poun aguere viñt aquel tant bel vifage,
Que venguet à mous yols apareftre tant beu,
Que de veire cava à mous pes un toumbeu,
Ni après cént tourméns ma mort affegurado,
Ni de fauffa as Dieus la proumeffo jurado,
Que ferié toujour chafte & de noun pequa pas,
Tout aquo cependan certos n'empachet pas,
Qu'yeu noun amortiguez l'ardou que me tranfporto,
Per brulla pioi après d'uno febre pus forto.

Infettat de venin tout laguiat & counfus,
Farié incaro dieto quatre ou cinq cops ou pus.
Apres avé fouffert uno trefiefmo atencho,
La paillardo calou devié pas eftre eftencho?
Afin de me laiffa pioi apres vieure fan,
Lou refto de mous jours. Mais helas! cependan
Jeu foui inceffamén entre las mans avaros
Das Medecins trompeurs & Chirurgiens barbaros,
Lousquals an efpuiffat alquimiftos acors,
Et ma bouffo d'argén, & d'humeur tout moun cors.
Mai durant la doulou que fans pietat m'acablo,
Cau que juge ma fauto aquez cop efcufablo;
Car yeu noun poudié pas jamai me garanti,
Ni creire qu'atabé m'én pouguez repenti,
Se vous plai d'efcouta la funefto aventure,
Qu'és caufo qu'aujourd'yoi yeu foui tout plen d'orduro.
El s'ero ben passat un an & quauque jour,
Que yeu m'ére fauvat dau naufrage d'amour,
La coulou & lou peu tournavoun fur ma faço,
Que m'avien déja fach oublida ma difgraço.
Moun fang renouvellat dins mas venos bouillié,
Coumo fai lou bon vin dins lou founs d'un celié.
Amour mai que jamai certos me chatoüillavo,
Et de nouvels defirs moun efprit s'alumavo
Cependant yeu voulié de pou de cauque mau,
Veire toujour la plaço & vifita l'houftau,
Avant que me fretta embé cap de femello,
Quand à moun dam veguere uno jouino picufello
Que l'on poudié jugea avé quinze ou fege ans,
Sous peuffes efclatavoun de fin or, de brillans,
Soun fron ero pus blanc que lou lys, & las rofos
Sus fas gautos femblavoun à de floures efclofos,
Dount la bono fentou & l'efmail precious

Toutes mous féns countento & me rend amourous.
Quand la veguere atau d'uno humou tant aimablo,
Sa paraulo moudefto, foun œillado femblablo,
De talos qualitats foun bel corps reveftit,
Yeu noun m'en proumetié que vertut & proufit.
Doun fans penfa à rez méns qu'au mau que me domine,
Me vau precipita l'yol claus à ma rouïno.
Maudit ! devié pas yeu jugea en moun pecat
Que fouvén fous la flou lou colobre és cachat ?
Atabé defempioi noun ai à ma penfado
Que l'ardou dont moun amo ero adounc tourmentado ;
Car noun pouguere avé un plafé bon ny bel,
Qu'oun me fougueffo prés incaros au panel.
Helas ! & quantos fés fafen la rigouroufo,
A ello rejetat ma demando amouroufo,
Et ce qu'incaro mai augmento ma doulou,
Quand vefié foun vifage tout pintrat de coulou,
Quand tout impatient m'esfourfave de prendre
Ce qu'en tant d'artifice ello fçavié deffendre,
Yeu empleguere adounc lou foin, la peno & l'art,
Car yeu defefperave de l'y freta lou lart,
Aladounc lous preféns la renderoun gaignado,
Et coumo per un charme entre mous pez toumbado,
Oubtenguere à la fin ce que ieu pretendié,
Amay me dounet may certo qu'yeu noun voulié.
N'aguere pas eftat hioch jours pres de ma bello
Que fente regreilla unò doulou nouvello,
Semblablo emb'aquel mau que coumo un linge viel,
M'avié uno autro fés trauquat ma pauro pel.
Deja deffus moun froun van naiffe de puftulos
Qu'on nous fçaurié gari per de fimplos pillulos,
Ma voix rauquo put tant que degus noun pot pas
Demoura pres de yeu que fente lou fangas.

Yeu trantalege tout, inceffamén ieu crache,
Et de verguogno qu'ai, dins l'houftau yeu me cache :
De forto que me cau remettre entre las mans
D'aquelles loups cruels & bourrels inhumans,
Que m'an fach endura de tourméns incrouyables.
Mai cauque jour lous Dieux à moun mau pitouyables,
Dedins aquefto cambro coumo emb'uno prifoun
Me mandaran la mort ou ben la guarifoun.

SOUNET AU REY.

INCOUMPARABLE Heros, grand foudre de la guerro,
 A vous foul aparten la Palmo & lou Laurié,
A vous foul apartén aquel nom de guerrié,
Pioi que tout cedo as cops de voftro cimeterro.

Voftre foul menaça tout l'ennemic aterro,
Et la forço dau Turc noun vous refiftarié.
Que vous vei, vei un Mars, à qui Mars cedarié,
Quand el farié trambla lou ciel amai la terro.

Jamai l'on noun a vift qu'un LOUIS DE BOURBOUN,
Qu'ajo toujour bravat la barquo de Caroun.
Tout fe trouvo embé vous en pou & en alarmos.

Vous noun mourés jamai, d'oun que vengo l'effort,
Car yeu vefe d'esfrai déja cacha la mort,
Et Plutoun que fugis au fon de voftros armos.

AUTRE SOUNET AU REY.

GRAND Rey yeu ai foungeat qu'yeu ero prez de vous,
Embé la pertufano, & tout plén de courage.
Cepandan en foungean vengueroun dous graus lous
Que dins un tournoman changeroun de paffage.

Grand Rei ieu ai foungeat qu'y avié dous patrous,
Dins la profoundo mar prez de faire naufrage.
Vous vengueres, grand Rei, que trop bon & trop dous,
Adouberes d'abord la vello, lou cordage.

Et pioi lou gal cantet, & apres fouguet jour.
Sans vous tout periffié per n'en par'la pus cour.
Tout anavo à bazac, aco ero un deluge.

Quand fouguere éveillat d'un faut efpouventous,
Faguere millo fés lou figne de la crous.
Et à moun grand Louis fouguet tout mon refuge.

SOUNET A MOUNSEIGNOU

de Valançai.

MOUNSEIGNOU, voftre nom és un non porto cop
Nom redoutable & grand, martial & fublime,
Nom qu'aquo noun fe pot qu'un grand Rey noun l'eftime,
Pioi qu'oun fe pot affez loüa, n'eftima trop.

Nom qu'as braves guerriez és dous coumo firop,

9

Nom qu'un effeminat fans courage & fans ime,
A l'hounou d'aquel nom fau mémes qu'el s'anime,
Vauguez incaro méns que noun pas un efclop.

O nom de Valençai, ò caufo merveilloufo,
Tira d'un lache corps uno amo generoufo
Ou foun d'effects divins ou d'un grand cavaillé.

Grand certos, Mounfegnou, vous ou fez à outranço,
Et noun fans grand fujet noftre grand Rey de França
Vous a foul Gouverneur caufit per Mounpelié.

ഇ ഇ ഇ ഇ ഇ ഇ ഇ ഇ ഇ ഇ ഇ

SOUNET AU MESME.

SE noun ero lou joc & lou fachous amour,
   Que coumo de demouns perfecutoun ma vido,
Sans menti yeu aurié voftro aureillo ravido
De millo beaux founets, qu'yeu farié cado jour.

De vous foul, Mounfegnou, yeu parlarié toujour ;
Car naturelamén la Mufo m'y convido,
Et Cefar noun és pas tant vantat per Ovido,
Que vous ferias de yeu vantat à voftre tour.

Tant de divers benfas qu'en voftro endrech m'obligo
Cau bé que de ma man fur lou papier efcrigo,
Pioi que deffus moun cor la voftro me l'efcrieu.

Que ferié yeu hurous & ben ramplit de glorio
Se d'aiçy à cent ans que noun ferai pus vieu,
Mous efcrits ne poudien counferva la memorio

SOUNET A MOUNSEIGNOU
de Mounpelié.

LOU monde feguirié coumo un iffan d'abeillos,
Mouffur de Mounpelié fe prechavo toujours :
Et noun lia Turc, Payen, ne fach à peu rebours,
Que nous venguez Chreftian, d'aufi tànt de merveillos :
Effets toutes divins de caufos noumpareillos,
Qu'un home age poudé per fous. doctes difcours,
D'infufa lou falut dins l'amo das pus fours,
Et d'anima, changean las peiros en aureillos.
Grand Prelat, loungamén piofquas eftre benit,
Longamén piofquas-vous eftre en lou ciel unit,
Ciel de que voftre efprit ten la vivo eftincello,
Ciel que foun yol d'amour veillo toujour fur vous ;
Et qu'enfin en vertut de Jefus & fa crous,
Un jour en Paradis brillez coumo uno eftello.

ESTRENOS A MOUSSUR
lou Barou de Valançai.

MOUSSUR recevez per eftreno,
Noun pas uno richo cadeno,
Perlos, rubis ou diaman,
Mai un founét qu'à la candello

Nafquet anioch de ma cervello,
Per aqueft premié jour de l'an.
 Yeu fau coumo aquel que s'embriaigo
Que dins la mar vou gita d'aigo.
Anfin loüant voftro vertut,
Vous me dirés en confequenço,
Que per mouftra moun ignourenço,
Vaudrié mai que demourez mut.
 Ce qu'és vertat : mai fe ma rimo,
Ne pot aumenta voftre eftimo,
Pioi que fez la memo valou,
Et tout-à-fait recoumandable,
Ageas au méns per agreable,
Que ieu fié voftre fervitou.

SOUNET A MOUSSUR LOU

Baroun de Valançai.

QUAND lou ciel vous fourmet, el affemblet en vous,
 Lou pus riche trefor de touto la naturo,
El vous faguet (Mouffur) fa chero creaturo,
Soun chef-d'obro parfet, & parfetaméns dous.
 Voftre bon naturel tout humble & courageous,
Tout brave & tout vaillent fans founs & fans mefuro,
Témoigno que vous fez d'uno effenfo fort puro,
Et puraméns tirat d'un tige ben-hurous.
 Invincible Baroun, la Glorio das Gen-d'armos,
A que Mars a dounat foun courage & fas armos,

Et Cupidoun foun arc, fa flecho & foun carquois,
  Que jeto l'yol fur vous, ravit coumo en eftafo,
Vei embé vous l'Amour & Mars fur voftro efpafo,
Car vous fez tout galant, tout noble, & tout François.

Sounet à Mouffur de la Motho, Lieutenént Colonel
            dau Regimen de Picardie.

MOUSSUR, voftro valou vai certos au de là
   De ce qu'on trobo efcrich de las gens de meliffo,
Vous avez millou fach qu'Achilles ni qu'Uliffo,
De forto qu'on vous deu admira fans parla.
  La troumpeto & tambour, ni mai lou qui vela,
Lou canoun porto effrai tirat fans avariço,
Noun fervou foulamén que per vous metre en liço,
Afin d'ou faire tout fous voftro man trambla.
  Voftro efpafo qu'on vei brillanto & dangeiroufo,
Es de voftros actiouns la lamo generoufo,
Bravo, tuo, meurtris, fai tout ce qu'ello vou.
  Que pot, mount'à chival fans efperoun ni boto,
Fugen lou bras vaillént de Mouffur de la Motho,
Car el douno tant leu la mort coumo la pou.

LES FOLIES

Sounet à Mouſſur de Veno, Lieutenent Colonel dau Regimen de Nourmandie.

SE ieu vau legiſſen lou nombre das faits d'armos,
Qu'an fach per lou paſſat las gens plus renoumats,
Jeu veſe tant & mai de grands fiocs alumats,
Que brulou à l'hounou d'aquelles grans gens-d'armos,
    Alexandre lou Grand d'un yol moüillat de larmos,
Ben que jouine, diguet à ſous pus chers aimats,
Moun pere a déja tant de poples ſubjugats,
Que noun m'a rés laiſſat digne de mas alarmos.
    Lou deſir d'acqueri faguet qu'aquel Segnou
Témougnet aquel cop l'effet de ſa valou.
Ben que Mars ren ſouvén la fourtuno incertaino;
    Mai aqueles guerriez, Philippe, ni degus,
Noun ſoun à coumpara, n'Alexandre noun pus,
A las mendros actions qu'a fach Mouſſur de Veno.

A MOUSSUR LOU IUGE-MAGE.

Sounét

MOUSSUR, ſe vous tenez un reng de qualitat,
    Grandamén avançat, coumo de Iugemage,
Es, parce que vous ſez juſte, prudén & ſage,
L'ouracle de la Cour, l'amo de l'equitat.

Noun fans caufo toûjour à la poufteritat,
Se parlara de vous coumo d'un perfounage
Que noun regardo pas l'aparenço ni l'age,
Mai qu'a de l'orphelin & la veufo pietat.

Jamai vous noun tiras de la bouquo, fentenço,
Que noun l'anés cerqua dedins la confcienço :
Tant vous fes pur & net, lou cor dréch & loyal.

Un jour ieu vous veirai, fe Dieu plai, fans contefto,
Dedins un Parlamén lou mourtié fur la tefto,
Quand aurés triumphat emb'aqueft Prefidial.

REMERCIAMEN A MOUNSEIGNOU
de Rouhan, fur lou favourable perdoun que me
faguet quand vouguere fa fauva Mouffur lou
Canounge Gramound.

GRAND-merci, Mounfeignou, fe m'avez perdounat
Emb'autant de douçou que m'avien coundamnat
Cauques Catarinots, qu'à gorgeo desplegado,
Cridavoun que falié que ieu fougueffe més
Et menat au Palais prifounié per un més,
Au pan fec foulamén, & à l'aigo efpurado.

Que fe me foui troubat de voulé fa fourtí
L'un de mous bons amis per lou veire pati,
Dins las aprehantiouns de quicon de finiftre :
Sen fau pas eftouna. Serié-t-i pas refoun
Qu'un Papifto affagez, quand ferié de befoun,
De nous faire fourti de Beziers un Miniftre ?

Et pioi fe ieu me foui un pau licentiat,
Es parcé, (Mounfeignou) qu'el és moun aliat,
Que jeu deve fervi fur tous autres affaires.
Outre que vous fauprés per cauqu'un noun fufpet,
Que n'autres fai l'aven toutes en tau refpet,
Qu'el és mémes tengut l'hounou de fous confraires.

     Aqui noun li falié, fe fous eftat lurrat,
Per fourti libramen qu'un habit bigarrat.
Que s'el fe fous mouftrat d'uno formo diverfo
Tant de grippo-minaus que lian cridat harlan,
L'aurien mefcounegut, & prés per Tamburlan,
Ou ben per lou grand Turc ou lou Souphi de Perfo.

     Mai cau noun aurié ris, fe Mouffur de Gramoun
Se fougueffo changeat aquel jour en demoun,
Et qu'el fe fous boutat tout en griffos & pattos,
Jeu crefe que n'aurié talamens graufignats,
Qu'elles aurien fugit coumo de rats bagnats,
A qu'aurié mai courrit vers la porto de Latos.

     Helas! jamai auffel prés & pipat au vifq,
Noun a faique courrit coumo jeu tant de rifq,
Vous noun vefias aqui qu'efpaffos degainados,
Qu'un belitre deçai, qu'un harlandié delai,
Qu'un vifage de mort tout trevirat d'esfrai,
Que tumulte, que bruch, confufion & pouffados,

     Jamai ieu noun crefié dins un pareil hazar,
Que d'eftre affaffinat coumo Iules Cefar.
L'un prenié fon moufquet, qu'alumavo fa mecho,
Que cridavo, ça, ça, tuen l'efcarlambat.
Enfin elles m'avien tant ben empanelat,
Que ieu noun fçavié pus de quint bois faire flecho.

     Jefus! ount ero ieu, en quint' eftremitat!
Coum' un Sant, m'an en l'air per lou camin pourtat,
En me tenen las mans, cambos, pefes & braffes.

Qu'a viſt Sant Sabaſtian & coum'el és pintrat,
De la mêmo faiſſou, Mounſegnou, m'an intrat,
Entournat per lou méns de cinquanto matraſſes.

GALIMATIAS.

A QUO ſe ſap, chacun ou dis,
  Qu'à l'autre mounde és paradis.
Lous enfans de la douço vido,
Et que ſoun exens de ſouci,
Trouvoun ſoun paradis aici,
Quand an la bourſo ben fournido.

  Lou diable la pus bravo gén
Y a qu'aqueles qu'an d'argén;
Ni mai qu'oun n'a cauſo pus piro,
S'és uno pietat d'eſtre à ſéc,
S'ez un grand plaſé d'argen ſéc;
Car l'on fai tout ce qu'on deſiro.

  Se ieu me ſentiſſe fournit,
D'aquel metal ſant & benit,
Jamai uno ioyo pareillo,
B'aurian la perdis, lou capoun,
Lou ſucre embé lou cambajoun,
Sans eſpargna dono bouteillo.

  Creſez me, que fan ben lou drac,
Lacloto, Bouſſuge & Regnac,
Sioillos, Maſſanos, Roquo & Meſtre,
Elles vivoun ſans peſſamén,

9 *

Que jufqu'au jour dau jugeamén,
D'aquelo faiffoun piofcoun eftre.
  Yeu li defire foulamén,
Un eternel countentamén,
Et done à Mouffur de Laclotto,
Moun brave Bouffuge & Regnac,
Noun pas un lioc coumo Gignac,
Qu'és uno vilo trop pichoto ;
  Mai li done lou Pourtugal,
L'Efpagno en foun Efcurial,
S'enten tan leu qu'y pourran eftre :
Et done tout lou revenu
De la Gieno & dau Peru,
A Sioillos, la Salado, & Meftre.
  A vautres ieu noun cerque pas,
Ni mai noun vous fouhaite pas,
Vilos, vilages ni bicoquos,
L'Auvergne ni mêmes Clarmon,
Mai Flandres, l'Itaillo & Piemoun,
Dignes de Maffano & de Roquos.

DESCRIPTIOUN DE LERGO, ET
dau tratamén que Mouffur Valat faguet à Moun-
fegnou de Mounpelié, & à fous amis.

IAMAI, au grand jamai, un delice femblable,
  Jamai l'on noun a vift un lioc tant deleétable,
Lioc doun l'admiratioun ravis l'entendemén,
Et troublo eftafiat l'yol & lou jugeamén,
Lioc certos fans pareil & fur que la naturo

A vougut exerça fa pus richo peinturo.
Parterro merveillous qu'un coutounat tapis
D'herbo dé verd-efcu ren tout unis & lis.
Yeu noun creirai jamai que l'Auroro & Cephalo,
Noun s'y fien cauquo fés viftos per intervalo,
Qu'aquel lioc benhurous noun fié lou foul fejour,
Oun s'efgaio douillét, lou petit Dieu d'amour.
Aqui millo filéts de châque fon vefino,
Lou venoun aroufa de leur aigo argentino,
Lous aubres d'alentour, à que Lergo fournis
Soun liquide elemén jamai noun lous banis
De li lava lou pe de foun humido courfo,
Que fauourablamén decoulo de fa fourfe ;
Aubres touts fruts & bels, toujour couvers de vert,
Et que fembloun brava la forço de l'hiver,
Aubres qu'à la favou de leurs efpés oumbrage,
Touto forto d'auféls y cantoun leur ramage.
Bref, fau qu'aquel entour fié coumo eftat caufit
Per eftre l'abregeat & lou foul racourfit
Das chans Eliféens ; car noun nia rés au mounde,
D'égal ni d'aprouchant qu'à pus prez lou fecounde.
Outre qu'és ce qu'avian & que noun avian pas ?
Qu'ero pus fuperflus lou lioc ou lou repas ?
Cau a-t-i jamai vift de fervices femblables,
Ni de tant de faiffous de meiffes diffemblables ?
Neauméns delicats & dignes d'un feftin,
Où l'on humo à fouhait la flou dau millou vin.
Apreftes noumpareils, ount manquo la paraulo,
Quand cau reprefenta l'ordre d'aquello taulo,
Tout aboundavo aqui de diverfos faiffous,
Tout l'iero de bon gouft, fouffo car ou peiffous.
Pioi aprez au deffert dounat outro mefuro,
Noun s'efpargnavo pas fucre ni counfituro.

D'autro part lou vieuloun & l'aubois charmadou
Nous tiravo fubtil l'amo per l'aufidou,
Fous avan ou aprez la taulo defcuifado,
A doublo refectioun nous dounavo l'aubado.
De forto que fous airs baten l'air douçamén,
Nous boutavoun noun fçai coumo hors de fentimén,
Sans que rés nous reftez per liaufi fa merveillos,
Qu'un corps fans mouvement reduit tout en aureillos
Et filan lon d'Eraut ce qu'ero remarquat,
Que l'on noun s'ero pas foulaméns embarquat,
Que d'un fon penetran au mountan & defcendre,
Un grand noumbre d'auffels venien per lous entendre.
Anfin en retournan noun eren pas venguts,
Que d'abort à l'abort y eren attenduts.
Per de jouinos beautats dau pus proche village,
Que noun recuilliffien d'un gratious vifage,
Adoun chacun prenié la fieuno per la man,
Et difpos coum'aco s'en anavo dançan,
Jufquo qu'oun poudié pus & que cambos & braffes,
Nous fafien affeta de forço qu'eren laffes.
Mai lou coumble d'hounou ero qu'un grand Prelat
Affiftavo as feftins de moun brave Valat.
Grant Prelat dount l'efprit pus net qu'un criftal veire
Penetro jufqu'au ciel & aiçaval fa veire
Qu'el és tout tranffandant coumo fas perfectiouns,
Renden lou mounde mut de tant d'admiratiouns.
Admirable Prelat, grand Prelat qu'oun pot vieure,
Que dins ce qu'on fe pot assez loüa, n'efcrieure.
Grand Phœnix, d'aqueft tems la perlo & lou diaman
Et das pus bels efprits l'uniquo & foul aiman,
Efprit au grand reffort de coumpas de prudenço,
Paffat per l'alambic & coufit en fçienço,
Oracle pur & cla, d'un prix fans prix, efquis,

Naturel rare & cher qu'oun ten rés de l'aquis,
Incoumparable à tout, à que la vertu douno
Noun pas un Evefquat, mai la triplo Courouno,
Tiaro qu'on aten qu'un femblable pilié,
Qu'un pivot coumo és fach Mouffur de Mounpelié.
Mounfegnou, fe vous plai d'efcufa ma franchifo,
Voulé parla de vous m'és uno grand fouttifo ;
Car voftre grand efprit merito d'avoüa,
Que l'on vous deu pus leu admira que loüa.
Toutos fés, Mounfegnou, perdounarés au Sage,
Au méns per aqueft cop ; car foun rude lengage,
Ni foun ftil n'és pas caufo de grand valou,
Tout ce qu'eftimo mai qu'és voftre fervitou.
Aquello counditioun m'es bé tallaméns douço,
Que d'humblo volountat moun affectioun me pouffo
De parla coum'aco & vous dire emb'un mout,
Que ieu foui tout à vous coumo vous fez moun tout.
Cepandant ourdiffén lou fieu d'aqueft'efcagno,
Yeu faguere lauriou que roumpere coumpagno,
M'en vau laugeiraméns coumo me reprouchet
Aigramén Mounfegnou, percé qu'el s'en fachet.
Ce qué m'atriftet fort, & defpioi miferable,
Yeu n'ai dins l'eftoumach un regret incrouiable.
Sus aquo Mounfegnou defcent à S. Claméns,
Trate tout lou reftant fort efplandidaméns,
Et à la vouluptat d'uno fon claro & bello
Que lou lon de fous prats inceffamens ruiffello,
Feftegeo largeaméns las gens qu'eroun emb'él,
Moftro qu'oun liavé rés que fous femblable à él,
Rés à él parangoun d'obligeant ni qu'atendo
A l'oumbro de foun corps couffi qu'on ou entendo.
Touto ma counclufioun és que ieu pregue Dieu,
Que me faffo autant bon coumo ieu foui tout fieu.

STANCES A MOUNSEIGNOU
de Mounpelië.

Mounsegnou, yeu foui anat querre,
Las vrais lagremos de S. Pierre,
Et d'un cor murtrit & frouiffat
Affligeat en ma counfcienço,
Yeu referque la penitenço,
Digne de moun vice paffat.

Mai ni l'aigo que goutto à goutto,
De moun yol deftillo & degoutto,
Ni lou regret que m'a toucat,
Ni tout ce qu'on me fçaurié dire;
Noun pot qu'augmenta lou martire
Dau fouveni de moun pecat.

Souveni certos deteftable,
D'un forfait tant abominable,
Que noun fe pot affes puni,
Ce que me fai grandaméns creigne;
Car yeu fçave que Noftre-Seigne,
Noun laiffo rés à impuni.

Toutosfés ce que m'affeguro,
Es que dins la Sancto-Efcrituro,
Aquo d'aqui nous és proumés,
Que mai que preguen Dieu lou paire,
D'un bon cor & coumo on deu faire,
Aquel pecat nous és remés.

Vela perqué me recoumande,
A Iefus-Chrift & vous demande,

Mounſegnou, cauquo abſolution,
Afin que voſtro man ſacrado,
Qu'és per aquo fa, dediado,
Me doune la benediction.

   Anſin la reſto de ma vido,
D'un humou chreſtiano & ſolido,
Dins moun houſtau vieurai countén,
Sans ſoungea qu'à fa mous affaires,
Deteſtan autan las coumaires,
Coumo yeu liai vougut de bén.

   Que grêle, que vente & que plogo,
Si ferai yeu dau catalogo,
Amai dau noumbre das vivéns.
Devot toûjour en mas matinos,
Yeu rendrai d'actions capuchinos,
A la Gleiſo & dins lous Couvens.

   Dounc, Mounſegnou, ieu vous counjure
De creire que ieu me meſure,
De que vous ſoui fort oubligat;
Car la crento de vous deſplaire,
M'a fach d'aquel malhur diſtraire,
Dins lou cal ieu ero negat.

SOUNET A MOUSSUR DE
Touiras.

EN Mouſſur de Touiras ſe vei un vieu tableu,
  Ount és repreſentat au naïf la prudenço;
L'on y vei figurat un grand Mars en vaillenço,
Et millo perfections d'un naturel pinceu.

Soun efprit coumpaufat d'ambre gris, fucre & meu,
Toûjour haut élevat deffus l'experienço,
Parez coumo tirat de la fupremo effenço,
Et coumo favouri de la terro & dau ceu.

Degus noun pot douta, non pas l'amo pus baffo
De Mouffur de Toiras, ni de fa noblo raço ;
Ni qu'oun fié d'un grand Rey vift d'un yol coumo cau.

Sas valous fon fans foun, & liaurié prou d'affaires,
Que dedins l'Univers fe trouveffoun fieix fraires,
Tant braves, tant vaillens, & d'un femblable houftau.

SOUNET A MOUSSUR LOU
Baroun de Peraut.

SE dau tens que lous Grecs avien affiegeat Troyo,
　La oun liavié davan tant de gens de renom,
Vous y fouffez eftat aupres d'Agamemnon,
L'on agues pus leu vift aquelo villo en proyo.

A voftr'hounou chacun aurié fach fioc de joyo.
Achilles ni Ajas, ni foudre ni canoun,
Noun fouffoun rés eftat au prix de voftre noum,
Efcrich au camp de Mars d'uno immourtelo croyo.

Beleu vous me creirés un pauc trop hazardous,
De faire dau letrut, & de parla de vous :
Mai vous m'efcufares, fe ma ploumo és hardido,

Sé ieu bon Catoulic ou quand ero Uganaut,
Toûjour ieu foui eftat au Baroun dé Peraut,
Et lou vole fervi tout lou téms de ma vido.

SOUNET A MOUSSUR DE
Montarnaud.

QUE las benedictions de Dieu vous sien donados,
   Qu'à tout tens & jamai pioufcas eftre benit,
Que de voftre caftel, tout malheur fié banit,
Et qu'on vejo embé vous flouri voftros annados.

   Toutos voftros actiouns foun grandamén loüados.
Vous fes tout plén d'hounou, & ne fes tout ramplit.
Vous fes en la vertut cimentat & unit,
Et tout ce que fafez foun caufos admirados.

   A vous noun manquo ren qu'un jantil femelan,
Que ne pioufquas avé cauque poulit enfan,
Coumo dau premié liech ne tenez l'interpreto.

   Yeu efpere qu'un jour nautres auren l'hounou,
De veire en Lenguadoc de las Damos la flou,
Que fera, fe Dieu plai, la petito Toinetto.

SOUNET A MOUSSUR DE MURLES.

MON brave Cavalié tout à fait generous,
   Lou peril vous fournis de palmos & de glorios,
De las pus grand' actions tiras voftros victorios,
Tant vous fes eftimat & brave & courageous.

   Nia que li veirias fa lou figne de la croux,

Que councagats de pou jufquos as genitoiros,
Au foul bruch dau canoun, faran milo prieros,
De crento de paffa lou fleuve Stigious.

Ha ! poultroun que tu fiez, effeminat belitre,
Que tenes dau Francez tant foulaméns lou tiltre,
Ount és la fleur-de-lis que te deu anima.

Mouffur de Murles és das pus hardits l'exemple,
Mars lia dounat foun cor, foun autat & fon temple,
Et Pallas noun lou pot veire que per l'aima.

A MOUSSUR MARTIN MOUN COUSIN.

Sounet.

MOUN coufin, voftre efprit toujour guindat au ciel,
Tranfçandant & fubtil fe rendra memourable :
Tout ce que vous fafez és coumo inimitable,
Et gravo voftre nom d'un burin immortel.

Las fortifications que fafez à Lunel,
Et lous materiaux d'un grand noumbre innoumbrable,
Moftrou que vous rendrés aquel lioc imprenable
Et qu'en lou Lengadoc noun niaura pas un tel.

Voftro foin qu'és requis en talo Citadelo,
Noun ven pas d'un efprit de petito cervelo.
Atabé que la vei tant & quant s'ébaïs.

Jamai un tau cimén de fablo, caus & peiros,
Ni jamai un pareil Mouffur de Raftenclieiros,
Digne de gouverna tout un puiffant païs.

SOUNET A MOUSSUR LOU BAROUN
de la Rouqueto.

CERTOS foui pla laguiat, Baroun, ou podez creire,
    Me pode pas tené tant ieu me fente flac.
Se vous ou trouvas bon vous vole veni veire,
Ambé l'aide de Dieu, au Caftel de Briffac.

    Vous y avez de vin que fauto dins lou veire,
Et toûjour fans manqua de caffillo à plen fac.
Medecins & Barbiez, toutes me fan encreire,
Qu'ieu aurai leu aqui remés moun eftoumach.

    Taupoun ferai guerit, en voftros fevenolos
Jouious me veires fa cinquanto cabriolos :
Vous menarés lou branle, & diren de canfous.

    Après quand ferés las, dedeffout uno treillo,
Lou goubelet en man, couiffats de bouraffous,
Anaren gentimen enterra la bouteillo.

SOUNET A MOUSSUR LOU BAROUN
de Caftros fur foun nom de La Croix.

AQUEL nom de la Croux, es nom fant & facrat.
    Jefus-Chrift fur la Croux a fouffert mort cruello,
Mort que nous a tirats de la mort eternelo,
S'enten las gens de ben qu'el agut en agrat.

    Jefus vefen en Croux dins las Gleifos pintrat,

Lou figne de la croux moftro l'amo fidello,
Signe qu'à fervi Dieu tout bon Chreftian apello,
Ben que fans fe flata chacun y és ingrat.

La marquo de la Croux és emb'elo parfaito,
Baroun, de voftr'ouftau la Croux és l'interpreto,
Que vous fes tout parfet, tout brave & courageous,

Parfait de corps, d'efprit, & tant confiderable
Que Caftros és benit d'un tau nom venerable,
Et qu'ajoun un Baroun tant vaillent coumo vous.

A MOUSSUR LOU BAROUN D'AUBAIS.

Sounet.

ENTRE nautres difen embé noftre lengage,
  Que dins lou petit pot lotgeo lou bon enguen,
Aquo fe torno anfin, & per aquo s'enten,
Quand dins un petit corps refido un gran courage.

Ount és lou cavaillié pus prudent & pus fage?
Cau és aquel d'aqui que mefcle mai de fen,
Dins fous actes guerriez, & que fié tant vaillent,
Qu'on lou deguo eftima miracle de noftr'age?

Es vous, brave Baroun, que per cent millo effais,
Fafez jufquos au ciel brilla lou nom d'Aubais,
Et que farés toûjour parla de voftro vido.

Es vous que s'ez l'Ajax & l'Hector tout à fait,
L'Achilles paffo-tout, lou talamén parfait
Que Mars n'és eftounat & Minervo ravido.

SIXAIN.

CAU que fié qu'age de maux d'yols,
  Sien ti lagagnoufes ou mols,
Afin qu'oun age l'humour trifto,
Boute coumo Mouffur Chabert,
A fas vitros un veire vert,
Et li counfourtara la vifto.

SOUNET A MOUSSUR DE MIRAMAN,
Trefaurier de Franço.

YEU crefe que lou ciel vous a tengut la man,
  Per vous countribua ce qu'avié de pus rare,
El noun s'és pas jamai troubat en vous avare,
Pioi qu'el vous a caufit per foun foul diaman.
  Vous fez das grans Segnous l'Epheftioun, l'aiman :
Et l'home pus ingrat tant mêmes qu'el s'égare,
Es couftrench d'avoüa, quint difcours que prepare,
Qu'on deu foul admira Mouffur de Miraman.
  Aquo chacun vous deu, pioi que tout admirable
Vous fez foul admirat d'un fil de Couneftable,
De Mounfegnou lou Duc, dount l'efpafo à la man,
  Fai trambla terro & ciel fous lou fais de fa lamo.
Mouffur, ieu pregue Dieu, que vous fias fa mêmo amo,
Soun cor, foun même tout, foun cher de Miraman.

SOUNET *A MESSIEURS DE GIRARD ET*
d'Affas, Trefauriers generaux de Franço.

MESSIEURS lous Trefauriés de Girard & d'Affas,
    Yeu pregue toujour Dieu que vifquas cent annados,
Que fien toutos de meu & talamén fucrados,
Que noun l'y rencontrés que fantat & que pas.

    A vautres que vous cau? rez noun vous manquo pas,
Noun avez de jaunous à gran viro palados?
Voftros taulos noun foun de bons meiffes cuifados?
Qu'és aquo que voulez, qu'és ce que demandas?

    Rés qu'un corps de fantat noun vous és neceffari.
Leiffas doun per cent ans lou coumpaire fuzari,
Ailai emb'un cantoun que vengue arnat & viel.

    Et s'au bout d'aquel temps la naturo vous manquo,
Que vengats decrepits, qu'ajas la barbo blanquo,
Et ben au nom de Dieu voftre plaffo és au ciel.

SOUNET AUX MESMES.

HUROUSES Trefauriez, longamén piofquas-vous
    Vieure jouioufamén chacun en fa famillo,
Et vous mantengue Dieu embé voftro ramillo,
Que porto fur lou froun la marquo de la croux.
    Se favié de gagna dins Roumo lous perdous,

Et changea mous pecats en tallo couchounillo,
Coussi lianarié yeu per fa vitamén gillo,
Et tourna de deffai fans touqua das talous.
   Mai à que tout aquo moun fujet és d'efcrieure ?
Lou defir que ieu ai qu'ajas long temps à vieure,
Que tout vous tourne en bén & en proufperitat,
   Qu'ajas de bels enfans ount la vertu abounde,
Car yeù noun crefe pas que liage gens au mounde,
Que meritoun mai d'heur ni de felicitat.

SOUNET A MOUSSUR LOU TRESORIER
Greffeuillo.

MOUSSUR, tant que vieurez yeu ferai benhurours,
  Et per vous en danfan farié fieis cabriolos,
Parce que ieu foui fegur que toujour fieis piftolos,
Quand yeu n'aurai befoun las trouvarai en vous,
 Lou diable lou denié, maillo, pillo ni croux,
Me cante ben fouvén, bouffos, ni digneirollos,
Au Sage ben fouvén li prenoun d'humours follos.
Que noun a cap d'argen fai tout à peu rebous.
   Lou coumpaire piquet, palamars & chicanos,
Me boutoun cado cop talamén à las canos,
Que fe noun ero vous que me preftas l'efcut,
   L'on me veirié penaut, & la tefto baiffado,
Maudire autant lou joc, boulos & paliffado,
Que noun vous beniffen lou jour que fez nafcut.

SOUNET AU MESME.

SEZ queftioun de parla d'un home noumparel,
   Cau parla de Mr. lou Trefaurié Greffeuillo,
El ten de la vertut & lou greffe & la feuillo :
Et la flou & lou fruch noun fe trobo qu'emb'él.

   Tout rayounat d'hounou lufis coumo un fouleil,
Nia pas qu'à fous egals que lou cor noun li doillio,
Quand vefoun que lou ciel tout à fait lous defpoillo
De tant de riches douns qu'oun fe troboun qu'à el.

   Cent ans vous doune Dieu d'huroufo & longo vido,
Et à Madamo autant toujour frefquo & poulido.
Mouffur, pioi que vous fez tout à fait meritan,

   Et que Madamo ou és & parfétamén bello,
Yeu pregue toujour Dieu que deffous fa gounello,
Fuilletés, nioch & jour lou . . . . .

A MOUSSUR LOU IUGE CRIMINEL,

Sounet.

NIAURA que parlaran d'un grand Jurifcounfulto,
   Ou bén d'un que fçavant fera fort eftimat,
Et s'efmerveillaran quan Dieu liaura douuat
Un efprit penetrant la caufo pus oculto.

.Un home ben fenfat entr'él même counfulto
Ce que deu dire & fa quand és dins un Senat,
Afin qu'en oupinan fié tout à fait tournat
Dau couftat que lou dréch & que la lei refulto.

Aquo fe trobo pas finoun as Magiftrats,
Que foun coumo l'on dis de cervels ben timbrats ;
Car la pufpart s'en van coumo l'efcaraviffo.

Que fe Mouffur Gaillan lou Iuge Criminel,
Noun tenié dau devé la peiro de l'anel,
Veirian, coumo lou drac, avalai la Iuftiço.

A MOUSSUR LOU IUGE GRASSET,

Sounet.

NY avant ni après l'univerfel deluge,
    Jamai noun s'és troubat un Magiftrat pareil,
Jamai l'on noun a vift home fous lou fouleil,
Avé tant d'equitat coumo Mouffur lou Iuge.

El detefto las gens que van per fubterfuge,
Et qu'aimoun de rouda coumo fai lou vertél.
La Juftiço & lou drech logeoun toujour emb'él,
Enfin das oupreffats el és lou foul refuge.

S'el és parfait de corps, foun efprit ou és mai,
Per fa reputatioun noun mourira jamai,
Ello vieura toujour au temple de memorio.

Lou ciel l'aurié liat d'un eternel laçét :
Mai la terro li dis, laiffo Mouffur Graffét,
Entreméns qu'es à icu, noun enveges ma glorio.

10 *

A MOUSSUR LOU COUNSEILLIÉ SOULAS.

Sounet.

QU'ES aiffo, ferias-vous vengut d'humou avaro ?
   Yeu ai vift autrosfés que dedins un jardin,
Vous me fafias toûjour beure dau millou vin,
Et nous ebaudiffian d'uno jouioufo caro.
   Yeu noun fabe qu'és tout ni à cau fe pren aro,
Quan noun vefe poulets, perdifes ni lapins,
Me pren, yeu noun fai que, cauque certain chagrin,
Defempioi que tenez voftre bouffo tant raro.
   Adieufias doun plafés, joios, amai foulas,
Se noun vefe Mouffur lou Confeillié Soulas,
Me prene per la man & me faire careffos,
   S'enten d'ana triffa coumo qu'és ben vengut,
Yeu me vefe deja dedins un atahut,
Sans efpera pus rés que d'Exaudis & Meffos.

A MOUSSUR DE SANT JORDY.

Sounet.

YEU foui coumo counfus & plen d'eftounamén,
   Quan noun pode trouba de paraulos prou bellos,
Ni mai de counceptiouns enfans de mas cervellos,
Afin de vous loüa coumo cau dignamén.
   Lous homes pus fenfats y perdoun jugeamén,

A vous caurié cerqua de loüangeos nouvellos,
De difcours relevats per deffus las eftellos,
Et que tout vous cantez au plus haut firmamén.

   Yeu noün fai qu'és de vous, mai doun que yeu me vire
Yeu aufiffe per tout, & per tout aufe dire
Que mefclas la fienço embé lou coutelas.

   Que d'un bras tout vaillent terraffa & piqua l'ordi,
Noun pot eftre dounat qu'à Mouffur de S. Jordi,
Qu'és la glorio de Mars & l'hounou de Pallas.

A Meffieurs l'Avoucat & Procureur dau Rey, Mrs.
de Perdris, & de Perdrié, Sr. de Maurillan.

SOUNET.

ENTRE Mouffur Perdris & Mouffur Perdrié,
  Aquo foun gaire bé dous noms coumo femblables,
L'un & l'autre foun géns grandamén equitables,
A l'ovro fe counouis, coumo l'on dis, l'ouvrié.

   Toutos fas counclufious van d'un cor dréchurié
Et noun fan jamai rés que d'aſtes fort loüables.
Atabé toutes dous foun fort recoumandables,
Et fe fan courouna d'un eternel laurié.

   Dedins fous jouines ans fas aſtions fans oumbrage,
Sai lous fan eftima miracles de noftre age,
Et jamai Mounpelié noun aura pus bel hur,

   Que d'avé d'Oufficiez d'uno trempo pareillo ;
A noftre Prefidial foun coum'uno merveilllo,
Tant l'Avoucat dau Rei coumo lou Procureur.

SOUNET A Mr. L'AUDITOU SOULAS.

QUAU noun fe fouvendrié de Mr. l'Auditou ?
     Serié yeu fans cervel & fanfo fouvenenço ?
Non, non, yeu l'ai toujour tout tau qu'és en prefenço,
Coumo tout meritant & tout remplit d'hounou.
     Incaro qu'uno fés m'anet dire de nou,
De quinfe ou vingts efcuts, & contro ma crefenço,
Me diguet noun n'ai pas, mais paffo fous filenço.
Si ferai yeu toûjour foun humble fervitou.
     Aro fen emb'un téns que l'amic és ben rare,
Se noun ten de l'humou d'un home qu'és avare,
Noun certos que per el ieu noun m'en plane pas,
     El és trop moun amic & de mêmes fans vice,
El fab bé que ieu foui de tout à foun fervice ;
Et que noun fau eftat que de Mouffur Soulas.

SOUNET à Mouffur lou Receveur Calvet.

SE s'endeven jamai que nautres ajan guerro,
     Et que yeu piofquo un jour vous rendre fatisfach
De tant & tant de ben que toûjour m'avez fach,
Yeu ferié pus countén que lou Rey d'Angleterro.
     Yeu noun pillarié pas embé la man efquerro,
Tout y cabuffarié, tefto, pefes & mans,
Mai que trouvez lou jas de cauques diamans,

Ou de forço doublouns refcounduts dins la terro.
   Quand yeu penfe embé vous, Mouffur lou Receveur,
Se las vertuts qu'on a fafien un Empereur,
Coumo lou pus parfait fur tout autro perfouno,
   Yeu crefe que deman vous ferias de l'efcot,
Changearian voftre ouftau, jardin amai tricot,
En lou Sceptre Rouyal d'uno doublo Courouno.

SOUNET *à Mouffur de Laufelergues moun coufin.*

YEU vous pode jura, coufin de Laufelergues,
   Que fe yeu ero Réy coumo noun ou foui pas,
Que noun prendrié jamai qu'embé vous moun repas,
Et noun nous quitarian ni feftos ni dimergues.
   Yeu vous voudrié douna Lanfargues & Valergues,
Nifmes, Ufez, Lunel, Soumeire & Mounpelié,
Et fe dins pauc de tens lou bon Dieu ou voulié,
Vous aurias Pefenas, Mountagnac & Couffergues,
   Touloufo, Mountauban, Narboun' amai Befiez,
Ailai caurié laiffa per lous counils, Clapiez.
Enfin ieu vous farié ma foulo creaturo.
   Et fabez cau ferié premié Prince dau fang,
Quand lou deurié pourta fur lou col coum'un banc,
Noftre grand coufinas lou Viguié Valefcuro.

SOUNET A MOUSSUR · GENTIL.

GENTIL ou és de nom amai de fait gentil,
Gentil és d'un' humou agreablo & gentillo,
El a lou corps gentil & la taillo gentillo,
Tout fe trovo en Gentil parfaitomén gentil.
El és la projection, lou fixe & voulatil,
L'efprit pus efpurat que d'Homero & Virgilo.
Efprit que ren emb'el touto caufo facilo,
Efprit que tout dau ciel és fur toutes gentil.
L'on dirié que yeu foui cauque gran alquimifto,
Se moun efprit jamai avié tant bono vifto,
De fubtil penetra jufquos emb'aquel poun,
Yeu me dirié gentil ; mai certos ma cervello
Cedo à Mouffur Gentil & crufou & coupello,
Car el és tout d'argén, & yeu foui tout de ploun.

SOUNET A MOUSSUR DE CARLENCAS.

L'HOME lou pus doüat de graço noumpareillo,
Lou Pero qu'a das fieus mai de ioyo & d'hounou,
Es Mouffur Carlencas, lou tige de la flou
Das enfans de vertut, ount és touto merveillo.
Enfans, noun pus enfans, mai gens que fur l'aureillo
Portou, raço de Mars, lou bouquet de valou,
Raço fur que lou Ciel d'uno jufto favou,

D'un yol tout plen d'amour inceſſamén lous veillo,
   A jamai piouſcas vous eſtre toutes benits,
A jamai piouſcas vous eſtre toujour units,
Et qu'enfin vous mouſtrez fils d'un tant digne Pero.

   Tout treſſalis de gauch au nom de Carlencas,
Yeu pregue donc lou ciel que longamén viſcas,
Et que done ſalüt à voſtres Pero & Mero.

SOUNET A MOUSSUR DE SOURGUERES.

YEU noun m'eſtoune pas ſe Mr. de Sourgueros,
   Es amic de l'ouſtau de Mouſſur de Toiras,
Mai jeu m'eſtounarié s'el noun ou ero pas,
Car el honoro trop las perſounos guerrieros.

   Quint maudit malhurous, quintos amos gauchieros,
Cau és aquel d'aqui que noun aurié lou bras,
Elevat juſqu'au ciel embé lou coutelas,
Per ſervi vaillammén Mr. de Raſtenclieiros?

   Anfin lou pus upat és counſtrench d'avoüa,
Que l'on noun lou deu pas tant ſoulamén loüa,
Mai ben lou revera ſur tous lous autres homes.

   Outro que vous dirai que s'el és grand guerrié,
L'on eſtimo en effet Mouſſur de Montfarrié,
L'uniquo parangoun das braves Gentils-homes.

SOUNET A MOUSSUR GOUDELART.

YEU ai vift forço gens qu'avien l'air fort gaillard,
  Bon joc, bono faiffoun, bon fen & bono tefto :
Mai jamai noun ai vift un autre paffo lefto,
Qu'égale tant fié pauc moun coufin Goudelart.

  Soun courage és fans pair, & fai qu'à tout hazart
Au pus fort dau peril y vai à touto refto,
Que l'efpafo à la man coume la malo pefto,
Piquo, tuo, meurtris en courageous Cefar.

  Aqui noun és pas tout, emb'el l'ia davantage,
Moun brave Goudelart per deffus foun courage,
A l'efprit pur & net & parfaitomén bel,

  Coumpaufo doctamén, de forto que cau creire,
Que jamai noun s'és vift, ni noun ne faurian veire
Un autre coumo aquel fous la capo dau ciel.

SOUNET à Mouffur lou Chancelier Ranchin.

ESCULAPO és eftat un fçavan Medecin
  Et dins Raumo adourat coumo caufo divino,
El és eftat tengut Dieu de la Medecino,
Ovido, à ce qu'on dis, nous ou raporto anfin.

  Mai parlén de Mr. lou Chancelié Ranchin,
L'Apollon d'aques téns, que counouis à la mino,
Sans que tafte lou poux, ni que vego l'urino,

Lou mau, & lou guaris en defpiech dau deftin.
: . Atabé foun efprit que dins lou ciel fe campo,
Lou fai das Proufeffous lou foulcl & la lampo,
Lou Rey, lou parangoun, l'uniquo & noumparel.

    Jamai au grand jamai noun s'és vift foun femblable,
El ferviguet tant ben Mr. lou Couneftable,
Qu'el li fouguet toujour l'oli de foun calel.

SOUNET A MOUSSUR VALAT.

FORÇO & à quantitat fe vei d'homes habilles,
    Que tranfçandans toundrien de peufes fus un you
D'autres, & la plus-part, qu'oun valoun pas un fou,
Per eftre d'efprits lourds, grouffiez & inutiles.

    Efprits apefantis, terreftres & reptiles
Gens fans tefto ou l'aurien groffo coum'un pairou,
Benhurous és aquel que fai tout ce que vou,
Et qu'es tengut au reng das efprits plus fubtiles.

    Vivo dounquos l'efprit, vivo l'efprit pus bel,
Qu'aio long tens y a penetrat jufqu'au ciel,
Qu'à la Poufteritat flourifquo fa memoire.

    Quand finimoun vendra & qu'aura tout triblat,
Milo vertuts que foun embé Mouffur Valat,
L'immourtalifaran d'uno eternello gloire.

11

SOUNET A MOUSSUR DE
Mountarnaud.

MOUSSUR de Mountarnaud, l'hounou das galans
     homes,
Yeu pregue toujour Dieu qu'oun fias pus huganaut
Yeu pregue toujour Dieu, illuftre Mountarnaud,
Que fias coumo vous fez la flou das gentils-homes.

   Que maudits & damnats à jamai fien lous homes,
Que vous defiraran ne pau ne prou de mau.
Qu'à chacun vegeo yeu lou fioc à leur houftau,
Et que fien tourmentas toujour per de fantofmes.

   Et oun fe trouvarié l'autre pus courageous,
Pus digne d'eftre aimat, & pus vaillent que vous?
Yeu crefe que pourrien rouda touto l'Europo.

   Que fe cauque infoulent m'ou voulié difputa,
Li dirié qu'és un fot, & qu'aneffo counta
Las eftellos dau ciel en las fablos d'Efopo.

A MOUN GRAN DIABLE D'AMIC.

Sounet.

MOUN gran diable d'amic, que farén toutes dous?
     Tu fiez mau maridat & yeu incaro pire,
De qué tu ni mai yeu noun aven pas à rire,
Car fe l'un és negat, l'autre és dedins un pous.

Cau a-t-i jamai vift rés de tant mal-hurous,
Se n'autres noun anan anfin de mau en pire,
Que toun viel femelan toujour rene & foufpire,
Et la mieuno atabé que jete anfin de plous.
    Yeu foui d'aqueft avift, ou n'autres feren neffis
Que li laiffen piffa & ploura fous desfeffis,
Et creba de defpiech as defpens d'un brayé.
    Mai parlen & digan fus aquefto coulero,
Se la mort nous mourdié l'un & l'autre cerbero,
    Cau ferié pus fachat, ou lou Sage, ou Bouyé?

S O U N E T.

NOUN veirai yeu jamai arboura l'eftendart,
    Ni batre lou tambour, ni founa la troumpeto?
Noun me trouvarai yeu à la man l'efcoupeto,
En cauquo executioun que jogue lou petart?
    Quan mefme me devrien perça de part en part,
Me coire à la fartan en façoun d'aumeletto,
Quan me grafillarien coumo fan la meletto,
Si effajarai yeu un acte de Cefart.
    Toubeu, la pas, la pas, laiffen ailai las armos.
Que ferviffoun las pous, lous esfrais, las alarmos?
Et parcé que vefen nous douna tant d'affaus,
    Que fe toutes avian coumo fe deu la vifto
Tan lou bon Huganau coumo lou bon Papifto,
Nous mouquarian de tout & farian pets & fauts.

A PIERRE ANDRÉ DIT COQUILLARD.

Sounet.

APRES que Pierre André lurrat & fin paillart ,
   Aguet prou débauchat de fennos & de fillos,
La Coumaire pren tout embé fas grans faucillos,
Un matin dins lou liech lou vous podo gaillart.
   Anen, foudis, la mort, coumpaire Cauquillart,
Aici n'és pas queftioun de bailla d'andounillos,
Aros vous pourrias fa de mouns & merevillos,
Que cau ana trouba Carroun lou bon viellart.
   Jefus ! doun fortes-tu ? que ta paraulo es rudo ?
As pus grans pecadous noftre bon Dieus ajudo,
Au lioc de m'afligea laiffo me prega Dieu.
   Prego dounc vitamén, car la fatalo parquo,
Te vou l'amo & lou cor changea delai la barquo,
L'un en auffel de Mai, l'autre en peiffoun d'Avrieu.

SOUNET.

YEU vefe de gens qu'an bon joc & pauro mino,
   Et d'autres paure joc & qu'an bono faiffoun,
Ne vefe un courageous & un autre poultroun,
L'un qu'es home de pax & l'autre d'efcarfino.

Yeu n'aufiffe parla Grec & lengo Latino,
Et d'autres fans fabé ni Francés ni Gafcoun.
Sabez que vefe ieu autour dau fougueiroun ?
Forço vaillens au plat & fçavans en coufino.

La bello caufo qu'és de noun s'hazarda pas,
Vous n'aufirias quan foun en cauque bon repas,
Yeu ai fach, yeu ai dich qu'un tau fe prengo gardo ;

Forço braves fouldats fe trovoun à dinna,
Et pioi, Dieu nous enten, fafez lous dégatna,
Li taparias lou quieu emb'un gran de mouftardo.

A MOUSSUR VALAT.

Sounet.

AICI n'es pas queftioun de boffes ni de prados,
De Parnaffo lou moun ni mai dau païs plat,
Moun intentioun noun és qu'à parla d'un Valat,
Dount decoulo la fon de las mufos facrados.

Mufos qu'aquel Valat a tout-à-fait charmados,
Valat, non, mai quicon que fourtuno a coumblat
D'un meritant bonheur & de felicitat,
Sus que tourno lou ciel fas pus cheros œillados.

S'aquel tant gran Prelat que n'a pas foun pareil
Aimo & s'es alliat d'un home coumo aquel
Et per tout merita & per li eftre tout fouple.

Alexandre lou Grand aimavo Epheftioun,
Mouffur de Mounpelié d'uno douço affectioun,
Aimo, vei & cheris Mouffur Valat au double.

A MOUSSUR BOURNIER, LIEUTENEN
Particulier au Gouuernament de Mounpelié.

STANCES.

MOUSSUR lou Lieutenen Bournié,
Vous fez dins uno coumpagnié,
Que noun an pas la raubo minço.
Mai fe jeu ere enqué lou Rey,
Yeu vous farié d'home de ley,
Gouverneur dé cauquo Prouvinço.

Voftro reputatioun n'és pas
Reduito embé tant pau de cas,
Que noun s'exente de la parquo,
Car l'on vous ten coumo un Neftor,
Lou cap de ploum, la bouquo d'or,
Digne d'eftre aupres d'un Mounarquo.

Yeu vous aurié fach un founet,
Noun pas tirat d'un cervel net,
Coumo fan en lengo francefo,
Mai tau qu'el ero, l'imprimeur
Me l'anet perdre par malheur;
Qu'à tous lous diables la fadefo!

FIN.

PIÈCES DIVERSES.

___

A MONSIEVR VALAT, GOVVERNEVR
du chafteau de Montferran*.

MONSIEVR,

CEVX qui ne fçauent pas les obligations que ie vous ay & le plaifir que vous prenez à voir les productions de mon efprit, fe pourront figurer que j'abufe de voftre nom auec trop de liberté, en le faifant protecteur de mes folies. Mais moy qui fais profeffion par vne douce efperience de cognoiftre les plus fecrets refforts qui font mouuoir voftre ame, & qui me fuis ataché dépuis long temps, par vne agreable neceffité, à n'auoir point d'autre volonté que la voftre, Ie fuis tout affeuré que vous ne regarderez pas d'vn œil moins charitable cette rofe d'Authonne, que vous auez fait celles de mon Printemps. Si ie me trumpois en faifant ce iugement de vous, ie metrois en compromis celles d'vn des

___

* Cette lettre & les dix pièces fuiuantes font réimprimées d'après l'édition de 1656.

grands genies de la France, qui vous ayant choifi pour
l'objeĉ de fes plus rares faueurs, nous a vouleu monftrer que
vous n'auez pas moins de merite que Meffenas, ny luy de
prudence qu'Augufte. Hureux fi pour faire un troifiefme la
nature m'auoit pourueu d'autant de fçauoir que Virgile, &
d'vne vene auffi fertille que celle d'Horace, pour fournir à vn
poeme heroique qui peut efgaler l'artifice auec lequel ils ont
porté fi haut les loüanges de l'vn & de l'autre ; Se feroit la que
vous verriez, par des Charaĉteres que le temps ny l'enuie ne
fçauroit iamais éfacer, les aduantages que la verité peut auoir
fur la fable ; & que ie ne me glorifierois pas à faux tiltre
comme ie fais par des rauauderies, lorfque ie dis que ie fuis

MONSIEVR,

Votre tres humble & obeyffant feruiteur,

D. SAGE.

SONET AV SIEVR SAGE.

L AS œuures que tu fas en vulgari lengage
 Monftroun bé qu'an qui conque n'es pas triuial,
Tu te fas admira dedins aquel trauail,
Et lous pus beux efprits n'idolatroun que Sage.
  Lous verfes d'aqueft temps as tieus rendoun hommage
Tu as fi ben vnit la naturo embé l'art
Que das verfes que fon fachs embé may de fard,
Tu ne moftres lou corps & lous autres l'image.

Tu as tort d'apela tous efcrichs de foulies,
Tu as trop bé mouſtrat tout ce que tu valies,
Un Sage n'a iamay que de bellos penſados ;

    Elles foun lous teſmoings de tas perfeciouns,
Et la pouſteritat baiſara las pezados,
Sage, dau mendre treɛt de tas counceptiouns.

STANCES AV MESME.

SAGE mon plus cher foucy
    De qui le chef s'enuironne
D'vne immortelle couronne
Permets que ie pende icy
Sur le front de ton ouurage
Comme deſſus vn Autel,
Ce gratieux teſmoignage
De mon amour immortel.

    Ainfin i'auray la moitié
De l'honneur & de la gloire
Dont iouyra ta memoire ;
Auſſi la ferme amitié
En laquelle on nous voit viure
Veut que i'obtienne cet heur
Que ie fois dedans ton liure
Comme ie fuis dans ton cœur.

    Ce n'eſt pas pour y chanter
Tes vertus ny ton merite ;
Ma loüange eſt trop petite
Pour dignement les vanter,

Tant feulement ie defire
Pour comble de tout mon bien
Que mon nom fe puiffe lire
Conioint auec le tien.

    La dure loy du trefpas
Fait fouuant que l'amy tombe
Soubs une diuerfe tombe ;
Mais elle ne pourra pas
Eftrains de chaifne fi forte
Quoy que tout cede à fes coups,
Difioindre en aucune forte
La meilleure part de nous.

ODE, AV MESME.

MON Sage, auquel Apollon
    A des lauriers d'Helicon,
Fait vne riche couronne,
Par laquelle glorieux,
Efleue iufques aux Cieux,
Ton beau frond qu'elle enuironne.

    Ie me fuis promis cet heur,
Que tu me ferois l'honneur
D'agreer que ie contente
En cet endroit mon defir
Qui ne veut qu'hors de loifir
Quelque fruict ie te prefente.

    Je fçay que par moy rendu
Le los felon qu'il eft deu,

Ne peut eſtre à ton merite ;
Faire cela comme il faut,
C'eſt vn courage trop haut,
Pour ma force trop petite.

   Auſſi mon Sage vrayement
De te loüer dignement,
Ce n'eſt pas ce que i'eſpere,
Tu receuras toutesfois,
Non pas ce que ie te dois,
Mais ce que ie pourray faire.

   Entre tant de beaux eſprits
Dont on priſe les eſcripts
Le tien ſe treuue ſi rare,
Que trop iniuſte ſeroit,
Si quelqu'vn te comparoit
À vn autre que Pindare.

   Si le ſuieɗ quelque fois,
Veut que l'on enfle la voix,
En cella qui te ſurpaſſe,
Et d'vn inconſtant Berger
Qui peut les amours, leger,
Chanter de meilleure grace ?

   Icy la merueille giſt,
Que ſi bien mon Sage dit,
En vn ſi pauure lengage,
Qu'on n'auroit pas meſme creu
Que l'eloquence l'euſt peu,
S'il n'en euſt montré l'vſage.

   Vis donques malgré l'effort
De l'obly & de la mort
Et qu'autant dure ta gloire,
Que le Soleil ſes chevaux,
Laſſez de leurs longs travaux,

Vers le foir menera boire.
  Croy moy les grands Roys n'ont pas
Sauué leurs noms du trefpas,
Par de baftimens fuperbes,
Car des meurs de Babilon,
A peine trouveroit on
Des marques parmy les herbes.
  Tel eft l'arreft du deftin,
De toutes chofes la fin,
Eft par le temps mefurée,
Ceux qui font aux mufes chers
Viuent toufiours, car des vers,
Eternelle eft la durée.

STANCES AV MESME.

SAGE, qui des vertus dont les Dieux font auares
      Au refte des humains,
As receu largement les richeffes plus rares,
      Qui partent de leurs mains,
I'admire tout rauy ton ame fi parfaite,
      Dedans vn fi beau corps,
Et croy, fans te flater, que les Dieux qui l'ont fait,
      Ont fait tous leurs efforts.
Auffi ne voit on point d'vne fi bonne trempe
      Les efprits de ce temps,
Les aftres auiourd'huy n'en font point qui ne rempe
      Soubs fes bas elemens.

Le tien qui ne void rien dedans cette eftenduĕ,
    Qui le puiffe efgaler,
Mefprife ce feiour & penetrant la nuë,
    Eft toufiours dedans l'air.
Auffi tes vers n'ont rien qui fente la pouffiere ;
    Leur ftile eft fi net,
Qu'on vante fur tout ceux qui voyent la lumiere,
    Ceux de ton cabinet.
De moy fi ie pouuois apres mes longues veilles,
    Imiter ton efprit,
Ie chanterois ta gloire & les rares merueilles,
    Du bel œil qui t'éprit :
Obiect certainement digne de la memoire
    De tout cet vnivers
Et qui merite bien que tu graues fa gloire,
    Sur l'airain de tes vers.
Donne moy ce plaifir puifquĕ de mon genie,
    Exempt de paffion,
Tu ne defires rien que iamais il denie
    A ton affection.
Le porteur de ces vers, fans m'eftre veneu dire
    Qu'il partoit de ce lieu,
Me preffe tellement, qu'a peine ie puis dire :
    Adieu mon Sage, adieu.

ODE AV MESME.

SUS que d'vn laurier triomphant,
    Ores ton chef on enuironne,
Que des perles de l'Orient,
L'on t'en face une couronne,

Et que l'on confacre à tes vers
Tout le plus beau de l'vniuers,
  Que du plus gentil efcriuain
La plume chante tes loüanges,
Et que ton nōm foit dans l'airain,
Efcript auec la main des Anges.
Que iamais il ne foit ofté
Du front de la pofterité.

  Mais quel chantre pourroit encor,
Sage, loüer affez ta gloire,
Toy qui graues en lettre d'or,
Ton los fi bien à la memoire
Que le plus agile pinceau,
Ne peut l'ofter mieux du tombeau.

  Qu'Augé Gaillart & que Bellaut
Qui ont efcript en ce langage,
A tes œuures ores il faut,
Que tous deux cedent l'aduantage,
Car au prix de l'or de ta voix
Leur lyre n'eftoit que de bois.

  D'vn efprit fort & vigoreux,
D'vne fi douce melodie,
Tu dis fi bien ce que tu veux,
Que la plume la plus hardie,
Demeure court t'oyant parler,
Pour ne pouuoir fi haut voler.

  Pourfuis donque braue fonneur,
A decorer noftre lengage,
Pour moy ie veux à ton honneur,
Offrir les vœux de mon courage
Et à tes Carmes immortels,
Leur dreffer Temples & Autels.

  Que fi des enuieux efprits

Veulent mordre fur ton ouurage,
Auec la pointe du mefpris,
Creue l'enfleure de leur rage
Fais leur voir que ton doux rebec
Ne craint la pique de leur bec.

SOVNET AV MESME.

BON-IOUR, Sage, bon-iour, comment te portes-tu ?
   En te venant offrir les vœux de mon feruice,
Dy moy s'il y à long temps que tu n'as point .....
      En ces iours de delices.
Si tu tardes long temps Dieu qui t'a reueftu,
De tant de qualitez aux femmes fi propices,
Tarira ceft humeur qui nourrit ta vertu,
      Dans ces doux exercices.
Chaffe le defefpoir de cette aufterité
Qui gefne foubs fes loix ta douce liberté,
      Des dames adorée.
Et viens auecqu'moy frequenter les autheurs,
Qui peuplent en ce temps comme en l'age dorée,
      L'empire des .....

L'AVTEVR, SONNET.

IAMAY noun me prendran per grand homme d'eftat,
   Iamay noun ay legit ny libres ny pancartos,

Iamay noun ay iougat qu'as dats & à las cartos,
Iamay noun ay rendut l'argen que m'an preftat ;

    Iamay noun crefe pas d'aué fach autre eftat,
Iamay noun ay mangeat que perdifes & tartos,
Iamay noun ay agut qu'vn cop las febres cartos
Iamay noun ay pougut faire de l'arreftat.

    Iamay noun tourne fa de desbauchos pareillos,
Iamay noun iogue pus iufques à las aureillos,
Iamay noun fourtiray gaire bé de l'houftau.

    Iamay noun aimaray fenno, puto ny fillo,
Iamay noun vole pus arboura la vedillo,
Iamay noun m'aufiran dire ny faire mau.

LE MESME AVTHEVR.

Sonnet.

IAMAY noun ay gaftat oly ny ny mai candello,
  Per eftudia lou grec, l'hebrieu, ny lou latin,
Iamay noun ay veillat ny vefpre ny matin,
Per retené quicon dins ma lourdo ceruello.

    Ce ieu barbouille en vers mon humour m'y apello
Coumo un faftafque efprit de faire lou lutin,
L'on noun pot euita foun mal-huroux deftin,
L'ignorenço embé-ieu n'ez pas caufo nouuello.

    Ieu noun fouy pas tant fat de me creire entendut,
May tau qu'oun vaudra pas las brayos d'vn pendut
Fara de mous founets & de mous vers litieiro.

    Toutes-fes s'a de fen auan que s'en truffa,
Tache premieiramen aumens de millou fa,
Et pioi mouqué fe prou de ma rimo grouffieiro.

SIXAIN.

MOUSSVR Valat ieu ay apres,
  Que de matin vous auias pres
Un leurau batent la campagno,
S'ez anfin que l'ajas caffat,
Fafez que preft & ben lardat,
Lou mangen deman en compagno.

QVATRAIN.

VOVS me difez toufiour quand ieu ay arbourat,
  Que de perdre l'hounou la crento vous tranfporto
May tant qu'ieu vous tendray voftre trauc cauillat
Nou cau pas qu'ajas pou que voftre hounou né forto.

DIVERSOS PIESSOS TROUVADOS

Apres la mort de l'autheur *.

DIALOGUE DES NIMPHES

Repréfenté devant Monfeigneur le marefchal de Schomberg
à fon entrée à Montpellier.

G RAND *duc dont les vertus furmontent la naiffance,*
C'eft en vous que le ciel d'un merite excellent
Voit la gloire établie avec plus d'affurance
Que de tous les Romains le renom violent.
   Ils ont avec orgueil couru toute la terre
Et l'ont affujettie à leurs étranges loix ;
Mais vous eftes chez nous un miracle de guerre
Dont les nobles ayeuls ont affifté nos roys.
   Que fi de leurs hauts faits j'entreprens la loüange
Je crains de fuccomber fous un faix fi pefant
Et pour ce vain effort il faudra qu'en échange
De mes affections je vous faffe un prefent.

(*) Réimprimées d'après l'édition de 1725 & collationnées fur celle de 1650.

La Nimphe de Montpellier.

DON te ven, fe te play, digos, bello esfrountado,
  Que demandos, que vos, en ton francin françois,
Me voudriez tu leva l'hounou que m'es dounado
D'exalta mon (grand duc) embe noftre patois.

  A que fa ton difcours & ton fardat lengatge
Quand parlariez tout ioy & mefmes tout deman,
Tu noun fauriez ave fur ieu ges d'avantage
En ton ceci, cela, de parla franchiman.

  Aquo fai ès fenfat, la caufo es counogudo,
Res noun pot pas affez loüa mon duc d'Alvin
Ou tirarien dau ciel, la lenguo ben pendudo
D'un ange, ou ben d'un corps que fouffe tout divin.

  Ieu vole confeffa que tu fiez fort gentillo,
Que noun fas pas un plec, que fçavez difcouri;
May de me preceda, ieu que fouy de la villo,
Aquo noun fe pot fa, incaro mens fouffri.

  Gran duc dont l'extraction & la raço glourioufo
A pourtat davan Mars fon redoutable eftocq,
Vous fias lou ben vengut, bello amo generoufo,
Per nous faire flouri tout noftre Lenguadoc.

  Duc de qui la valou animo las hiftoires
Et gravo fon renom dins l'immortalitat,
Es vous fur que lou rey affermis fas victoires
Coum'un puiffant pilié que fouften fon eftat.

  Qu'es ce que fe pot fa ou ben que fe pot dire
Que vous noun agas fach ou que noun agas dich,
Que lia dins voftre cor que lou ciel non admire
Et qu'oun fié redigeat d'un eternel efcrich.

Vous fes aici, grand duc, dins un païs fertile,
Aboundant, Dieu merci, en tout ce que noùs fau,
L'oli fay manquo pas qu'es grandomens utile
Non plus que lou legun, lou blat, lou vin, la fau.

    La naturo fay fa de montz & merevillos
La terro fay produis d'un favorable accés,
Tout fay es vigourous, homes, fennos & fillos
Et tout fay es content, grand duc, quan vous fay fés.

    Autrosfes aven vift l'argent rouda par terro,
Tout fai refplandiffié d'or & de broucatel,
May defpioy qu'aven vift lous troublos de la guerro,
Tout aquo s'es changeat en d'habits de burel.

    Las perlos, lous rubis, lous diamans, l'efcarlato
Tout aquo que fervis as riches ornamens.
Et tout aquo d'aqui que de pus bel efclato
Non counouy certos pus noftres acoutramens.

    L'air non fay es pas mens, bel, doux, & agreable.
Quinto faifou que fié fay fa bon demoura
Lou mounde y es courtois, benin & fort affable,
Que non auran lou cor que per vous adoura.

    Las fillos d'autro part la mendre que fe moftre
S'ello fe vou para per fe fa veire au jour,
De fon yol crouquarel qu'aura ravit lou voftre,
A de que vous douna tout un monde d'amour.

    Voftre cor d'aquel pas fau que l'i contribuë
Et que tout amourous fe rende à fa merci;
Mei ben que li vegas un vifage bouruë
Aquello mort non es qu'un dous charme fouci.

    Qu'au jour d'ioy l'on non fié que joyo & que lieffo
En efperan de vous un repaus non parel
Que toutos pregan Dieu au precho & à la meffo
Que vifquas mon grand duc à l'efgal dau foulel.

    Lous tambours qu'aufiffen, lous piffres, las trompetos

Nous animon non fai à cauquos devotiouns?
Mai tout à quo non fon qu'un manoul de brouquetos
Au refpet dau brafié de noftres affectiouns.

 Tout ce que nous fallié, tout ce que nous manquavo
Ero certos, grand duc, per coumble de bon-heur
Qu'à la favou dau rei, comme l'on defiravo,
Vous pogueffen ave per noftre gouverneur.

La Françoise refpond.

Je veux bien t'accorder tous ces beaux avantages,
Que deffus ton fumier tu publies fi haut;
Mais tu m'avouëras qu'en tout temps, en tout âge,
C'eft mon art qui prefide à parler comme il faut.

Je ne veux point bleffer l'honneur de la province,
Et s'il en faut venir à un partage égal,
Nous fommes tous François, fujets d'un même prince;
Mais ce lieu que je tiens en eft le principal.

Si l'humeur de mon roy de fon fejour m'honore,
Et fi de mon fejour on a veu proceder
Tous les ordres facrez que la province adore,
A faire ces honneurs je te dois preceder.

La Nimpho de Montpellier.

Autres fes lous Romains d'un difcours autant libre
D'un gros cor coume tu nous an parla fouven,
Mai lous aven reduits & couchats jufqu'au Tibre
En l'efpafo à la man pus vite que lou ven.

 Las damos d'aquel lioc & d'aquefto provinço
Non fai enfanton pas qu'oun faffon d'Annibals,
De Roulans, de Renauts, & la fenno pus minço
Noun fai que de Cefars & d'homes martials.

 Noun m'interroumpes pus la joyo & lou delice
Qu'aujourdioi l'on non pot n'efcrieure, n'efprima

Gran Duc nautres non fen que per vous fa fervice
Et treffaillien dau gauch qu'aven de vous aima.

Lou Frances es Frances & courtes toutes enfemble,
Per que me venes tu troubla de la faiffon?
Que ten dau vrai Frances non pot qu'on y reffemble
Quito me donc lou lioc per drech & per raifon.

La Nimphe françoise.

Si pour avoir la paix je te dois faire place,
Ce n'eſt pour ton merite, mais pour ne troubler pas
L'aiſe que recevra ce grand Duc, dont la face
M'invite à ce devoir par ces divins apas :

De ma diſcretion la gloire me demeure,
Et la preſomption demeurera ſur toi :
S'il en doit eſtre ainſi, il faut que de cet heure
Tout ce qui parle bien ſe retire avec moi.

Certes il m'eſt facheux de voir qu'une bourgeoiſe
Me raviſſe l'honneur qui m'eſt deu juſtement ;
Mais bien je me retire, & la langue Françoiſe
Cede au barragouin qui parle ſottement.

La Nimphe de Montpellier.

Vay, paffo ton camain, glourioufo, mal aprefo,
Es tu & noun pas yeu que parlos fotamen ;
A quo fe moftro ben à ta lenguo francefo
Qu'ouffenfo fans raifon & trop laugeiromen.

Grand Duc à qui lou ciel a dounat de richeffos
Et de dons fuperflus d'un proudigou voulé
De noftres maux paffats baniffen las trifteffos
Per nous renga, grand Duc, deffous voftre poudé.

Aro tout lufira, tout reprendra fon eftre
Et tout fous voftro man reffaupra ley de vous
Et trouvarez grand Duc pioy que fes noftre meftre
Que nautres vous feren ben humble fervitous :

Voftre houftau relevat per deffus las eftellos
Dont naiffon de feignous plens de benedictions
Nous oubligeon d'y fa d'ouffrandos eternellos
Sur un autat baftit de noftros affections.

Et à vous, o gran Duc, illuftro & magnanimo,
Nous autres vous ouffren d'un don particulié
Noftres corps, noftres bens, & tout ce qu'on eftimo
Et la villo furtout de noftre Mounpelié.

Nimphe de Caravettos.

Poples embalaufits qu'avez perdut l'aleno
Dau grand defir qu'avez de counouiffe mon nom
Arreftas vous, yeu fouy la Nympho de Valeno
Que vene publia d'un grand Duc lou renom.

Tout ce qu'yeu vous dirai non fon pas de fournetos
Ni de difcours en l'air enflats de vanitat;
Aiffo foun de vertats qu'an pres de Caravetos
Leur naiffenço & s'en van dedins l'Eternitat.

Un jour qu'oun avié res qu'un petit plat d'aufino
Dins un roc que naturo a fach per mon repaus
Yeu veguere veni la Nymphe Merlufino
Que me counfouloit fort emb'aqueft dous prepaus :

Ma fore yeu ay quitat lous poples d'Alamagno
Que foun defpioy long temps en grand calamitat
Per te veni trouva dins uno terro eftragno
Et te dire un fecret qu'es plen de veritat.

Tous travals foun paffats, tas joyos foun vengudos,
Tu pouffedos desja tout ce que te faillié ;
Quito dounc vitamens tas montagnos bouffudos
Per ana vifita lous bals à Mounpellié.

Aqui tu noun veiras trelufi que noublefio
Que ploumos, que fatin, clinquans & broucatels :
Chacun s'esfourçara à bani la triftefio

Et lous mendres houſtals ſemblaren de caſtels.

　Non ſe parlara pus de guerro ni de peſto
De famino, d'impos ni de couutributiouns,
Tant qu'aqueſt Duc vieura ſeren toutés de feſto
Et non veiren jamais pus de deſolatiouns.

　May que me ſervirié de faire aici un hiſtorio
De touts lous bons ſuccez que nous ſoun arribats,
Aiſſo es un autré Heĉtor qu'oun aymo que la glorio
Et non ſe ſouven pas de l'hounou das coumbats.

　El non pren pas plaſe d'eſcouta ſas loüanjos
Mens encaro d'auſi ſous aplaudiſſamens,
Son nom qu'es redoutat dins làs terros eſtranjos
Trobo dins ſas vertus ſous embeliſſamens.

　Preguo Dieu ſoulamen que te faço la gracio
De lou veire long-temps dins ſon gouvernament,
Que preſerve toujours ſon houſtau de diſgracio
Et per lou demouran n'ages pas penſament.

　El coupara lou cap à la guerro civilo ;
Lou Rey ſera ſous el ſervit & hounourat ;
El fara reflouri as champs & à la villo
Un ſiecle pus hurous que lou ſiecle daurat.

　Faſſo doncquos lou ciel & lous deſtins proupices
Qu'apres tant de malheurs d'ounte ſen eſcapats
Pouſcan veire l'effet de tant de benefices,
Noſtre Rey triomphant & tout lou monde en pas.

　　　Grand Duc, chacun ſe rejoüis
　　　De l'aiſé & dau ben quel joüis
　　　De l'hounou de voſtro preſenço.
　　　Deja yeu ſay veſe veny
　　　Lous ſatiros per vous beny
　　　Et per vous ſa la reverenço.
　　　　Toutes d'un viſage riſen
　　　　Vous dounaran cauque preſen

Et s'anas au bosc de Valeno
Elles faran que vous prendrez
Autant de casso que voudrez
Sans y prene gaire de peno.
  Elles y cassaran per vous
De lebres & de lebratous,
De cabrous, de bichos incaro
De pors senglats, de marcassins,
De servis amai de lapins,
Ou be d'autro casso pus raro.
  Aqui Pan en son flajoulet
Fara dansa cauque balet,
A sous silvains à pel veludo,
Qu'abillats de fioillo d'arbous
Dansaran à l'entour de vous,
Au soul bruch de vostro vengudo.
  Las bergeiros en sous amans
Vendran embe sous yols charmans,
Aqui se veiran las Driados,
Lous faunes cournuts, lous tritouns,
Las nagades qu'en divers touns
Vous faran d'acors & d'aubados.
  Sus lous aubres lous auselets,
Au gay souna das flajoulets
Das pastres ou berges rustiquos,
Entounaran que may pourra
Un air qu'un roussignol dira
Sans serqua vieulons ny musiquous.
  Lou terraire sera couvert
D'un tapis gazounat de vert,
Et aquel entour que lou rodo
De grands bartassez hauts montats,
Depioy lou deluge plantats,

12 *

Y feran nafcut à la modo.
*   Las rofos & lou jauffemin*
Creifferan fur voftre camin;
Las vieuletos, las girouflados,
Las tulipos, & lous gaugets
Mouftraran fous boutous rougets
De cent coulous mericoucados.
*   Lou zephir y refpirara*
Un vent doüillet que ravira,
De l'ambré gris de fon aleno,
Tirat de l'oudou de la flous,
Qu'oun fentiran res que per vous
Tant que feres dedins Valeno.

SOUNET DE LIDIAS A PHILIS

fur un goufta que faguet ambé S. Antoni foun
Courival, lou jour de Noftro-Damo.

LA tourre de l'empach jamay non fouy eftat
  Mai des qu'yeu ay apres qu'an fach uno partido
Me vezes avali ou m'en ana d'aufido
Afin d'on troubla pas res qu'ajou arreftat.

   Car quinte plaze l'ia fe fes accoumpagnat
En de gens que vous fan uno mino emboutido
Tout foul aymarie may mangea d'aiguo boulido
Qu'oun pas en tallo gen tourtos ou pigeounat.

   Vella donques perque rejouiffes vous toutos
Sans avc pou qu'you fie jamay à las efcoutos
S'yeu non fouy couvidat feguiffe pas degus.

Mangeas don en repaus la tourto & tourtilliado
Que beleu cauque jour que noun fay fera pus
Me dounares à yeu uno bono journado.

AUTRE SUR LOU MESME SUJET
dau goufta de Sant Antoni.

BEU faifeur d'almanachs, innoucent aftraloguo,
  Digos couffi as fach l'almanach d'aqueft an,
Que fie deftinbourlat comm'ez un viel cadran,
L'on te devrie mena comm'un aze à la loguo.
  Yeu crefo que ta tefto aquel jour ero en foguo
Ou ben capricornus te fouftenie la man
Quand ambe toun coumpas anavos coumpaffan
Las feftos per las mettre uno à uno à la lioguo.
  Car per te ben mouftra qu'en refou l'on te blafmo
Dau jour de noftre fant tu n'as fach Noftro Damo
Que fe tu crefes pas qu'aquo fiege vertat,
  Demando à Philis, à fon pero, à fa mero,
Sau vingt cinq de mars l'an pas foulennifat
Didins fon propre houftau que Sant Antoni liero.

PLAINTE DE LIDIAS A PHILIS
Sounet.

PHILIS me fau mouri, mon mau ez incurable,
  Enfin ay defcouvert don me ven mon malheur

Mon paure corps batten qu'on es jamay trompeur
Non a recours qu'à tal bel objet tant aimable.

Pourtant yeu n'aufe pas me dire miferable
De crento que yeu ay de paffa per menteur ;
May per te miel monftra qu'on fouy pas un pipeur
En dous mots te diray la caufo que m'acable.

Sache que per me fa veni fec comm'un pic
Tout aymo mon rival & tout m'es ennemic
Ton paire, maire, forres & toutes tous pus proches.

Difon à tout moumen : fouffris lou mon enfan ;
Et fe non ou fas pas, te fan millo reproches
Que non fies pas chreftiano à n'ayma pas un fan.

A MONSEIGNEUR LE DUC D'ALVIN.

GRAND Duc, la glorio de la cour
Se lou rey d'un yol plen d'amour
Vous cheris, œillado & careffo,
Que lou Ciel vous voguo beni,
Et que vous faffo fouveni,
Monfeignou, de voftro proumeffo.

Yeu dife Monfeignou proumes,
Perce qu'el a tantos un mes,
Qu'au figne que m'aneres faire,
Dau pouffé en lou fafen filla,
Me temoignet prou fans parla
Lou ben que vous me vouillas faire.

Que fe yeu tene un cop de vous,
Aquello bello & fanto Croux

Pregaray tant Dieus per lous voftros,
Et per voltro proufperitat
Que toujour autour d'un autat,
Me veyran en de pater noftros.

AUDIT, LOU REMERCIANT DE VINGT PISTOLES
que l'iavé dounat parten per la Cour.

MONSEIGNOU, fur voftre defpart,
D'un cor affligeat & fans fart,
Tefmoigne uno tant grand trifteffo
Qu'yeu fouy refoulgut chafquo jour,
Jufquos que tournes de la Cour,
De vous faire diro uno meffo.

L'argen que vous m'avez dounat
Non ez pas brizo deftinnat,
Ni à dançoss ni à cabriollos;
Mon chapelet à la grand croux
Vou que yeu pregue Dieu per vous
Que beniguo voftros piftolos.

Aro me veyran pregua Dieu
As capuchins à Sant Mathieu,
Qu'eftounaray toutes lous peros;
Et per amor de vous, grand Duc,
Quan non vindrias qu'à la fan Luc
Ieu feray toujours en prieros.

SOUNET D'UN AMOUROUS A SA MESTRESSO
que l'avié esfaffat fon pourtrait.

ENFIN vous avez donc esfaffat ma peinturo
   Et fans aucun fujet n'aves tourqua lou quyeu,
Yeu non m'en fache pas vous jure fur mon Dieu
Si non quan non n'avez tourquat voftro naturo.

   Voftre efperit changeant, voftro humou pau feguro
Vous a portado à qui crefen qu'aqueft eftieu
Yeu non vous poudié pas paga la coullatieu
Coumo fan lous galans que venoun d'aventuro.

   May s'yeu agues fauput qu'aymeffes la gourgetto
Tant coumo vous aymas lou joc de la bureto
Yeu vous aurié tratado chero de perdigal.

   La fougaffo ambe l'iou, la tourto, la crouftado,
Drageos de Loudun, citron de Pourtugal,
Vous aurié regourjat & à voftro ballado.

S O U N E T.

REGARDO ma doulou, regardo ma patienço,
   Inconftanto Philis defpioy qu'as efpoufat,
Yeu foufriffe de mau cent cops may qu'un dannat
De veyre ta frejou & ton indifferenço.

   Non fou lous fagramens qu'as fach en ma prefenço
Lon de tous efcalies me tenen embraffat,
Quand me difies : mon cœur, quand auray fianfat
Yeu te permetray tout fans ges de refiftenço.

Pioy te fies maridado apres à la chut chut
Pendan qu'yeu ero abfent fans qu'ajo res fauput
Au retour yeu crefié Philis fara l'afaire.

Mais helas ! au rebours quant t'ay agut parla
Coumo un fondeur de cloches fouy eftat eftounat
De me veire dupat fans efpoir de ren faire.

S O U N E T.

LOUS habits de fatin, coutillon, grand dantello
En tout que fien d'argen noun vous paroun pas fort,
Au contrari chacun vous vezen crido à mort
Et difon d'oun fortis aquefto doumaifello.

L'un dis cau es aquefto & l'autre qui eft elle
Es cauquo fauffo tefto enfin couverto d'or,
Par la faire paffa, mes un vezin d'abord
Dis que fes maridado & que n'es uno telo.

Et pioy de tout foun fen nous conto qu'aves pres
Un jouyne mirondeu que fes mes dins lou bres
Fil d'un grand cavalié qu'avié troumpat fa maire,

Pouffedo de grands bens, tourillos, moulins, cans
Que lou tout eftimat per un bon eftimaire
Revendrié par lou mens à may de doux cens francs

S O U N E T.

AMIC fe tu teniés per hafar dos anguillos
En las mans per la quo, ne creiriés tu dinna ?
Ou ben ce cauque jour t'anavos permena
En cauque rendevous de veufos ou de fillos,

S'ellos te proumetien de mons & mereveillos
Afin de t'oubligea de las millou ayma
Que jureffoun qu'un jour pourriez tout taftouna,
Creiriez tu qu'aquo fous vertat en andounillos ?

Que digueffoun après que t'aymaren toujour
Que res non l'y pourié fa changea fon amour
Qu'ellos tendrien millou que lou pe d'uno taulo.

Gardeio mon efan qu'aquo n'es res que ven
Car que ten fenno, veufo ou fillo, de paraulo,
L'anguillo per la quo pot dire qu'oun ten ren.

A MOUSSUR DE MONTMOURENCY.

MON grand & illuftre feignou
   Ar'es lou cop ou jamay nou
Que quau que vous me fias proupice
Et qu'uno liberalitat
Tirado de voftro bontat
Me rende quauque bon ouffice.

Lou bonheur m'a de tout quitat ;
Lou malheur me ten eftaquat ;
La mort me rodo ambe fa dailho,
Sy que fans efpoir de falut,
Yeu me veze dins l'atahut
Per non ave dinié ni maillo.

Lou joc aquel maudit demon
Non m'a pas laiffat un tefton
Et vous dirias qu'uno fourciero,
Amb'un charme diabolic,
A dounat un pic & repic,

Aqueſt cop, à ma gibeſſieirio.
  So que me rend triſte & penſif,
Lou teint palle, bleſme & paſſif,
Reduit en fantoſme de vido ;
Car milo convulſions de mort
M'an deja deſſecat lou cors
De veiro ma bourſo tarido.
  Cau que ſachas, moun grand ſeignou,
Que ſe me mettez en vigou
Yeu non emplegaray journado
Sinon à prega Dieu per vous
Et per aquello ſanto croux
Que liberal m'aurés mandado.
  De ſorto que vous me mettrez
De mort à vido aqueſt fes
Et me tirarés dau ſuſary
Et beleau dedins cauques jours
Lou ſort que m'es aro rebours
Ceſſara de m'eſtre contrari.
  May certos yeu ſouy tout confus
De crento de cauque refus,
Toutos fes lous grands perſonnatges,
Lous nobles & puiſſans ſeignous,
Notamens que ſoun commo vous,
Toujours favoriſoun lous ſatges.

AU MESME.

QUINT ſant trouvaray yeu per ouffri mas candelos
  Si noun apres tout dich au grand Montmourancy
Emb' aquel fils de Mars que m'enten au touci

Et que me pot mounta pus haut que las eftelos.

    Grand Duc dount las actiouns generoufos & belos
D'un eternel printens flouriffoun fans paffi,
La Franço en general & lou pople d'ayci
Vous courounou, grand duc, de palmos immourtelos.

    Deja lou Lengadoc ero coumo perdut,
Se vous, mon grand feignou, noun fougueffe vengut,
Tout mourié de defir amay d'impatienço.

    Aro d'aifo & de gauch tout lou mounde es jouyous,
Chacun à cor ouvert noun parlo que de vous
Et noun fay que beni l'heur de voftro prefenço.

SIXAIN.

DESEMPIOY que lou pauvre Satge
    A perdut de l'argen l'ufatge,
Vous dirias quel eft trefpaffat
Trifte, penfif, & foulitary,
Semblo un mort qu'es mes au fufary
De tout lou monde abandounat.

AUTRE.

GRAND duc pioy qu'aves la puiffanço
    De lou tira de la fouffranço
Fafes que n'ageo vitamen,
Afin qu'aquefto apres foupado
Vous viofquo faire uno boutado
Per vous fa rire foulamen.

DE L'OUNCLE QUE FAGUET HERITIÉ
lou couven.

LOUS paires, lou nebout, la mort
Jogoun cau fera lou pus fort;
La mort qu'és fans mifericordo,
Per fa pourtioun l'oncle ne pren,
Lous paires atrapoun l'argen,
Et lou nebout tiro la cordo.

EPITAPHO DAU SIRE ABEL.

AISI dejout gis firo Abel
Que quand voulié margua un coutel
Ou lous bouts d'uno miegeo cano,
De fa tefto prenié la bano.

TABLE.

PASSAGES SUPPRIMÉS

PASSAGES SUPPRIMÉS. *

Page 12, vers 9.

Quand fai baifa lous piffadous.

Page 31, vers pointés.

D'uno puto pleno de fraudo
Reçaupet uno piffo-caudo
Et vingt chancres das plus coufénts.

Page 50, vers pointés.

O petito fento ount l'amour
Li fai foun ben-hurous fejour !

Page 78, vers pointé.

De c... naut, c... bas & counas.

---

* Cet appendice contient les passages des éditions précédentes qu'on n'a pas cru pouvoir conserver dans le corps de celle-ci. Le patois, dans les mots, jouissait naguère des mèmes priviléges que le latin : langage populaire, on lui permettait de braver les bienséances du monde, surtout au XVIIᵉ siècle, où la belle société ne se piquait pas d'une retenue farouche. Mais la littèrature moderne a de telles rigueurs que nous avons dû chercher à concilier les goûts du public, en général, avec les exigences des bibliophiles, ennemis des livres incomplets. On ne pouvait faire à Sage, classique dans son genre, l'injure de le publier par extraits. La première partie de cette édition est de Sage à jeun ; le voici, après boire, dans ses véritables « folies », qui ne rachètent malheureusement pas leurs vivacités par trop de verve, ni d'esprit.

Requeſto de las Chambrieiros de Mountpeliẻ. A Mounſeignou de Valançai. *

SUPPLIE humblamén las Chambrieiros,
  Qu'aimoun d'eſcoula las oulieiros,
Proche dau nervi dau piſſot,
Priapus noun és pas tant ſot,
Que noun nous ago fach entendre
Qu'avian ſujeᴄt de nous deffendre,
Et nous a coumandat eſprez
Per lou ſieu & noſtre interez,
De vous fa, Mounſegnou, requeſto,
Sur noſtro perto manifeſto.
Lou fait és & noſtro raiſoun,
Que ſe caſſas la garniſoun,
Avé fach uno citadelo,
Que ſara la fon putanelo ?
Randevous toûjours aſſourtit,
De noſtros fillos de partit.
Que devendra noſtro gareno ?
Se lou furet noun s'y permeno,
Et s'oun faſen peta brunét,
La mecho ſur lou baſſinét.
Lou grand plaſé quand l'on ſe flanquo,
Dins la cairillieiro de l'anquo,
En de bono poudro qu'ajas,
Arrapa lou counil au jas ;
Car que trobo milou la cavo,

Se pot dire Rey de la favo.
Mounfegnou, agas dounc égar,
A tant de blanquo & belo car,
Tendudo, delicado & frefquo,
Et pus douço que meu de brefquo.
Que devendrien tant de fouldats,
Qu'an quitat las cartos & dats,
Et que fe foun gardats dau vice,
Per fe jougne à noftre exerciffe ?
Faut-i que perdoun coumo aquo,
Lou privilege de leur quo ?
Noun (Mounfegnou) vous fes trop fage,
Per nous priva de leur bandage.
Pioi vous fçavez qu'à chaquo houftau,
Chaquo lanterno a foun fanau.
Defempioi voftro Valentino,
La vefino embé la vefino,
Se difoun & vefpre & matin
Anioch moun genti Valentin,
M'entretenié de talo caufo,
Me dis qu'oun a ni fin ni paufo,
Que noun fié toufiours prez de ieu :
Et pioi me juro fur foun Dieu,
Que farié per ieu de miracles.
El parlo coumo lous ouracles ;
Et voudrié fafen lou muguét,
M'eftabourdi de foun caquét.
Se voulié creire à fas paraulos,
Sourtirien leu de cagaraulos,
Sur lou cap de noftres marits,
Que dirien triftes & marrits,
D'oun fortoun aqueftos banudos.
Mai n'aven pas befoun d'ajudos.

Yeu n'ai un que vefpre & matin,
Me fap bailla lou picoutin,
Et que m'efpouffo pla la fardo,
De la naturo gailloufardo.
Sou li repliquo l'autre adoun,
Lou mieu n'a pas bono façoun,
Et noun a ni graffo ni mino :
Mai quand és deffous la courtino,
Et que l'ai més de bono humou,
Poudes dire s'y a rimou,
Et couffi me fai ana l'amblo,
Vous dirias que la terro tramblo,
Et que Briare enbe cen mans,
Me farro lous rens & lous flans.
Mai laiffen aqueles afaires.
Revengan à noftres fringaires,
Tournén à noftres Valentins,
Que proumetoun per lours deftins,
De faire mouns & merevillos,
Quand l'autre dis, fennos ni fillos
Noun lous deurian pas efcouta,
Niaura que fe faran mounta,
Et qu'en fafén l'efcarlambeto,
Faran de grano de braieto.
Que de capufamén de quieu,
Sai aura l'hiver & l'eftieu !
Sai veiren ploure mai de banos,
Qu'oumpas de cloffes d'avelanos.
Nautres fai veiren dins dex ans,
D'enfans gafcouns & franchimans,
Que nous faran creba de rire.
Moun Valentin noun m'anet dire,
En m'entretenen l'autre jour,

Mon bel Ange, ma chere amour,
Ma rare & parfaite Silvie,
Vous eftes ma gloire & ma vie,
Et le feul plaifir de mes yeux.
Que pour vous je fuis langoureux !
Je vous prie, ma belle image,
Par voftre celefte vifage,
D'avoir pitié de mon tourment.
Et tantequan me met la man,
Aiffaval deffous la gounello.
Pioi me dis : ma touto rebello,
·Si vous favorifez mes vœux,
Je me dirai le plus heureux
Cavalier de toute la terre.
Garas, vefez aiffi ma mere,
Sou li fau ieu, maudit damnat.
Quand vous fias un cop empegat
Nia pas moien de s'en desfaire,
Qu'avalifquo tau calignaire,
Fafez voftre pan, adieufias,
En veritat vous me fachas,
En li fafen mauvaifo mino,
Quand me dis : chero Valentino,
Vous me pouvez donner la mort,
C'eft la cruauté de mon fort,
Qui vous a donné cet Empire ;
Car par ma foi je ne foûpire
Que pour vos beautez feulement.
Vous n'aurez jamais point d'amant,
Soiez moi ou douce ou cruelle,
Qui vous foit comme moi fidelle.
Je fuis fort voftre ferviteur,
Mais faites-moy cette faveur

De vous rendre un peu plus traitable,
Je me donne cent fois au Diable,
Si j'aime au monde rien que vous,
Pourquoi donques vous fachez-vous ?
Savez vous pas que ma conſtance,
Merite quelque recompenſe ?
Sus aquo me dis : au revoir,
Adieu ingrate, adieu, bon ſoir.
Leur impourtunitat és grando,
Soudis adounc l'autro friando,
Et coum'aquo en s'en anan,
L'uno dis à l'autro, à deman,
Adieuſias, bon-veſpre, veſino.
Yeu que counouſquere à lour mino,
Qu'aimavoun mai un ſauſſiſſot,
Que noun pas un plat d'archipot,
Li difié, adieuſias donc parlieiros,
Incaro ben que ſian chambrieiros,
Quand trouban un bel viragau,
Nous ſaben fa fourbi lou trau,
Et tamben brandiſſen padellos,
Coumo las pus grans Doumaiſellos.
Mounſeignou, per quand voudrias-vous,
Faire mouſi noſtres pelous,
Qu'uno peſſo tant eſtimado,
Fous d'un chacun abandounado,
Coumo lia deja d'eſpiouns
Habillats en certains mourpiouns,
Que s'en venoun d'eſtrangeo terro,
Afin de nous faire la guerro.
Mai tant qu'un ſouldat aura l'yol,
Bandat ſur noſtre quinqueirol,
N'a gardo qu'y boutoun lou mourre ;

Car d'aquel pas la man y courre,
Et det à det, coumo bel blat,
Noun nia pas un qu'oun fie feuclat.
Couliatris, mourfoundut & trifte,
Cachat fous la braio & lou riftre,
Vous prego qu'ageas pietat d'él,
N'autros vous en pregan emb'él;
Car lou paure en fa magro trougno,
N'aufo pas fourti de vergougno.
Ce confideré, Mounfeignou,
Vous nous farez aquel hounou,
De nous comprene au catalogo,
Afin qu'en tout temps, negé ou plogo,
Preguen Dieu que vous rendo hurous,
Et que longamén piofquas-vous
Gouverna en pas noftro villo,
La tenén paifiblo & tranquillo.
Apointas nous dounc, fe vous plai,
Noftro requefto fans delai.
Le tout bien deuëment enquis,
Soit fait ainfi qu'il eft requis.

S A T Y R E.[*]

DAVALO un pau à la carreieiro,
Ribaudo, fouiro, revendeiro,
Ou me veiras mounta à moundau
Coumo un demoun dins toun houftau.

---

[*] Page 123, avant l'Elegie.

Roumprai portos amai farraillos,
Et metrié lou fioc à las paillos,
Soun ero la pou das vefins,
Afin de t'y crema dedins.
Coumo uno mafquo mau-fafento
Tu penfavos fa la plafento
De me mefcla dins tous difcours,
Et de parla de mas amours.
Sabes-tu pas mal-encountroufo,
Qu'ez d'uno perfouno amouroufo ?
Pus douço qu'un agnel l'avez.
Mai fe li fan rés de travez,
Lou fioc fe met à las eftoupos ;
Ataquarié las gens en troupos ;
Incountinen lou ferre en man
Ataquarié Caramantran.
A pus rés foun amo noun foungeo,
Qu'en d'aquel fujet que lou roungeo,
Et fe farie pus leu pengea,
Davant que noun s'en revengea,
Jamai noun te quite, bagaffo,
Que noun te defoundre la faço.
Toun nas noun ten pas que d'un fieu,
Te couparai la raubo au quieu.
De tencho touto uno ampoulado,
Ta maudito faço pelado
De millo plagos couvrira,
Que jamai noun fe garira.
Enfin tu feras tourmentado
Cent fés mai qu'uno amo dannado,
Et vaudrié mai que Lucifer,
Té tengueffo dedins l'enfer,
Taurié mai vaugut gambaleto.

Sus ta pichoto efcabeleto,
Lou jour que tu parleres d'él,
Ave fach rouda toun vertél.
Que penfos-tu, fauffo ribaudo,
Loubo, lebrieiro, chino caudo,
Maquarello de tous vefins,
Tu que dançœs lous mataffins,
Quand portes fus ta coculucho
Uno banaftado de frucho,
Per gagna quauque paure fou?
Digos m'un pau, n'as-tu pas pou,
Que quauque malheur noun te vengo?
Podes tu creire, fauffo lengo,
Que toun parla defourdounat
Te fiege jamai perdounat?
Tantequan qu'és nioch tu te boutos
A la feneftro à las efcoutos,
Et fe vefez paffa quaucun,
Incouñtinént sortez lou lun,
Et difez, fie vrai ou mefforgo,
Que me counouiffes à ma morgo,
Qu'és ieu que paffe aqui toujour,
Lou vefpre per faire l'amour.
Mai toun cor qu'en mau toujour penfo,
L'hounou de las fillos ouffenfo,
Qu'ieu vefe, & lou mounde fap bén,
Que foun toutos fillos de bén.
Toun amo, delouialo pefto,
Noun fap pas qu'és d'amour houneflo.
S'ieu voulié perfouno prega,
S'ieu voulié cauqu'un emplega,
Et qu'ellos fouffoun mau viventos,
Coumo tu, amai tas parentos,

T'aurié adreſſat lou paquét,
Per m'ajuda de toun caquét.
Car emb'aquo tu ſiez dreſſado,
Maquarelo fino & ruſado,
Et de toun eſperit tourtut,
Aquo és la plus grand vertut.
Se fougueſſos naſcudo bello,
Series-tu pas leu maquarello?
Auriez feguit coum'un cadel,
Juſquos au plus mendre bourdel.
Déja vingt cops Mouſſur Niſſolo,
T'aurié fach fuſa la veirolo.
Mai lou ciel que noun voulié pas,
Que fagueſſos tant de peccas,
Coumo fe pot veire, t'a facho
Touto tourtudo & controfacho.
De toun' corps la vileno pel,
Es pus negro que moun capel.
Ta teſto, toun ventre, tous braſſes,
Davan toun quieu marchoun dous paſſes.
Tu fas pou as petits enfans,
Semblo qu'ajos quatre cens ans,
Tant as fur la faço de ruos.
Tous peuſſes foun coumo de puos,
Ounté fe permenoun fadouls,
Milo regiméns de peſouls,
Sans coumprene l'arrieire gardo,
Que te mangeoun deſſout la fardo.
Tous yols lagagnoufes au bord,
Luſiſſoun coum'un carboun mort.
Et ta gorgeo que toûjours bavo,
Es coum'uno porto de cavo.
Tu fentiſſes mai qu'un fangas

De tas aifellos & dau nas,
Sourtis uno fentou pus forto
Qu'aquelo d'uno beftio morto.
Bref tu fiez facho d'un tal air,
Que lou pus grand diable d'enfer,
Et lou pus paillard de fa bando,
Quand danfaras la farabando,
Au fabat dedin cauque jour,
Te voudran per faire l'amour.

S A T Y R E.

DIEU vous gard de mau, Franchimando,
 Aiffi l'home que vous coumando
De trouffa voftre coutillon,
Noun pas per avé la fretado,
Mai d'un foüet de pouftillon,
El cau que vous fias eftrenado.

 Vite, leu, fans tant de grimaffo,
Defcoubriffez voftro carcaffo.
Que fervis de touffi lou pot.
Auffen tout jufqu'à la camifo,
Yeu vole, fe faire fe pot,
Amourti voftro paillardifo.

 Fafez millou, barras boutiguo,
Autroméns vau freta d'ourtiguo,
Voftre quieu de trop f. ufat.
N'és-t-i pas prou d'avé fufat
Douge ou quinze fés la veirolo
Embe ta coumaire Nicole?

L'yol de trop rire me deftillo,
Quand aquelo antiquo fibillo,
Millo fés pus lourdo qu'un quieu,
Vous fa la jouve & la belotto.
Se foun premié fil ero vieu,
Pourtarié deja la calotto.

S'ello & fa pichoto garçeto,
Eroun deffus lou pioch de Ceto,
Ou à la cimo de Brefcoun,
Noun faudrié pas cap d'autro marquo,
Que lou fioc que fort de leur c...
Per guida de nioch uno barquo.

Quauque viel bouc que la courtifo,
Li dis qu'és incaro de mifo ;
Amai li fai cauque prefén,
Mai nautres que noun fen pas gruos,
Et qu'aven de bons yols, vefen
Et fous peufes blans & fas ruos.

Aquelo lourdo faço chicho,
Voudrie faire encreire qu'és richo,
En foun coutilloun de fatin,
Que faique n'y cofto pas gaire ;
Car un que cantavo en latin,
Autres fés li lou faguet faire.

De Franço ello és aiffi vengudo,
Tout exprez per eftre f...
Sous pretexte de plaideja,
Mai la jetaren leu deforo,
Et la faren ben delougea,
Se fai fai trop longuo demoro.

Au diable, vileno fourcieiro,
Se vous trove pus en carrieiro,
Jeu vous farai un horre joc.

Fujes, n'aguen pas de difputos,
Nous autres gens de Lenguadoc,
N'aiman pas de tant vieillos putos.

SATYRE.

PETIT graveur glorious
   Countentas un curious,
Et mouftras li voftro tefto;
Car lou vefinat atefto,
Que vous pourtas un ploumau,
Que noun vous efta pas mau,
Fach & paufat de la forto,
Coumo aquel qu'un moutoun porto.
Digas me couffi és nafcut?
Et defpioi couro an crefcut,
Aquellos tant gentios banos?
Car noun y a pas trés femanos,
Que fur voftre petit cap,
Noun n'in pareiffien pas cap.
Soun-t-i defpioi voftros nopços,
Sourtidos aquellos boffos?
Certos, aquel double bout
Vous oundro & vous paro tout.
El vous relevo la taillo.
S'anas en quauquo bataillo,
Lous fouldats vous caufiran,
Et fans menti vous faran,
Per ben hounoura las armos,
Cournetó entre lous Gens-d'armos:

Car ferias pas tant auquét,
Que de prene lou moufquét,
Incaro que pourtés ben lefto,
La fourquetto fur la tefto.
Se feguiffias moun avis,
Quitarias aqueft païs.
Laiffarias voftro boutigo,
Per ana emb'aquelo ligo,
Qu'a fach Mouffur d'Efpernoun,
En voftre double canoun,
En voftro groffo boumbardo,
Couïfado à la gailloufardo.
Car fans doute él vous farié
Metre de l'artilliarié;
Ou fe la plaço és garnido,
Yeu vous done bé ma vido,
Se noun fez incontinén
Capitani ou Lieutenén.
Mai vous fugiffez la guerro,
Coumo lou peis fuch la terro,
Et pus poultroun qu'un Gefiou,
Voulez pas fourti de l'iou,
Ne jamai perdre de vifto,
Incaro qu'oun fias papifto,
Lou clouquié de Montpelié,
Ni la porto dau celié.
Se fes d'aquelo naturo,
Aurez fort pauro aventuro :
Noun ferés riche jamai.
Yei crefe bé qu'aimas mai,
De glorio enflat coum'un ouire,
Laboura deffus lou couire,
Ou grava fus lou loutoun,

Per gaigna cauquè teftoun,
Sans courre ges de fourtuno,
Emb'uno guerro impourtuno,
La moulié novo au couftat,
Qu'enten bravomén l'eftat,
Et que fap de fa jouineffo,
Cent millo tours de foupleffo,
Qu'ello pratiquo embé vous,
Quand feɀ au liech toutes dous.
A voftros cambos s'enlaffo,
Tantos elo ten la baffo,
Et pioi aprés lou deffus,
Vous boulego coum'un fus.
Et talamén vous permeno,
Qu'emb'aquelo douço peino,
Enfin vous tiro das flans,
Ce qu'engendro lous enfans.
Se noun vous en prenez gardo,
Soun humou caudo & paillardo,
Vous rendra fec coum'un os,
Et vous metra dins lou cros,
Davan que l'an s'acoumplifquo.
Couririas pas tant de rifquo,
D'ana contro l'enemic,
A l'hafart de cauque pic,
Ou de cauque cop de balo,
Que toufiour n'és pas mourtalo.
Vendrias fans doubte un matin,
Cargat d'un riche butin.
L'home és d'aquelo naturo,
Que millo tourméns enduro,
Et pren peno coum'un chi,
Per afin de s'enrichi.

14

Serias-vous tout au countrari,
Anas me querre un Noutari
Fafez voftre teftamén,
Et prenez me vitamén
La lanço ou lou cimeterre,
Coubriffez-vous tout de ferre,
Sans vous foucia de pot;
Car voftre cap noun fe pot
Arma de milouno forto,
Que de las banos que porto.

E P I G R A M M E.*

L'AUTRE jour ieu m'ero endourmit,
  Deffout l'oumbro d'uno figuieiro,
En me reveillan tout fubit,
Veguere uno groffo chambrieiro,
Que me diguet en fe mouquan,
Dieu vous gard de mau, fraire Blaze,
Yeu li refponde tantequan
Vous me farez dire un v.. d'aze,
Yeu m'apelle pas coumo aquo.
Adounquos la degouilladaffo,
S'en ven & m'atrapo la quo.
Incaro qu'ieu tengue la caffo,
Sou me dis ello, noun cregnas;
Car ieu volle que fa grand faço
Cabuffe dins moun iragnas.

---

* Page 138. Entre les deux pièces.

Sus aquo li monte deffus,
Et quieu fus quieu, anen Perreto,
Vous fuffarez doun d'aquel jus,
Que diftillo de ma braietto.
Ai! foudis ieu more de fon,
Dieu garde voftro cornomufo,
Tal eftrument noun és pas bon,
Se la rego dau quieu noun s'uzo.

FANTASIES.

UN droullas anet dire aiffo,
  Enb'uno fillo per las vignos,
Et tout fallat tenié fa quo :
Yeu te farai part, fe devignos,
Qu'és ce qu'ieu tene dins ma man ?
Uno figo, foudis la fillo.
N'as pas devignat, moun enfan,
Qu'es moun v.., gros coumo uno quillo.

AUTRO FANTASIE.

YEU cavillage uno femello,
  A plec de quieu dins un houftau ;
Et Dieu fap fe moun viro-gau
Li fafie doubri la prunello.
Quand aquello bello pieufello
Me diguet, m'amour, moun foulas,
M'és avift que me traverfas,

En voftro groffo caramello.
Yeu li diguere adounc, ma bello,
Se vous noun mourez d'autre mau,
Que d'aquel de moun viro-gau,
Vous noun ferés jamai mourtello.

Page 152, vers 14.

Fuilletés nioch & jour lou trau de foun mitan.

SOUNET A MOUSSUR D. L. R.*

YEU foui marrit quan tout lou mounde dis
   Qu'amour vous a piquat de fa mouftardo,
Per un fujet que chacun n'en mefdis,
Et que noun vau que vous en prengas gardo.

  Se vous fez tant friant dau toucadis,
Cerquas pus leu cauquo garço gaillardo,
Qu'en li dounan cauque pan de cadis,
Quan vous plaira li efpouffarez la fardo.

  Vous me difez quan vous reproche aquo,
Que l'on n'ez pas lou meftre de fa quo,
Et que vous fez d'amouroufo naturo.

  Qu'aquel plafé counfifto en fantafié,
Aquo es vertat; mai un bon Efcuyé
Noun laiffo pas gouverna fa mounturo.

Page 161, après la feconde pièce.

CANSOUN DE LA MAU MARIDADO. *

A l'ouftau d'un viel renous
   M'a mezo moun paire,
Tout frounfit & langagnous
Qu'oun me fap res faire
Touto la nioch s'en enfen
E jamay non me dis ren ;
Sa cadaulo es grevo,
Pot pas fa coullevo.

  La nioch quand vou femena
Un pau de fa grano
Doun miel fe penfo affana
Doun miel el m'engano ;
Son araire mau fergat,
Tout à fais deftimbourlat,
Quant es à la reguo,
La reilho fe pleguo.

  Ben leu lou tens yeu veyrié
De batre l'eftrado
Qu'yeu fouven lui monftrarié
D'un counil l'intrado ;
May fon furet vau tant pau
Qu'el s'arrefto fur lou trau,
E n'a pas corage
De faire carnage.

---

* Pièce publiée, pour la première fois, dans l'édition de 1650, qu'elle termine. Nous la réimprimons d'après cette édition et celle de 1725.

Lou bec de foun efprevié
Mol coumo uno figuo,
Noun counouy pas lou gibié
Lon de la garriguo.
L'atge vieil l'a tant batut
Que de ratgeo l'a mourdut,
E per fa cavillo
Fau uno fouftillo.

    Mon Dieu qu'yeu gueririé leu
De ma trifto mino,
Se de cauque jouvenceu
Prenié medecino.
La fillo es coumo la flou
Quand elo met fa coulou
Fau que fié arroufado
A la matinado.

    Yeu fouy nourrido fort ben
Amay miel veftido;
Mes à quo non me fert ren
Se non fouy fourbido.
Que fert lou barbo ben parat
Et l'arnez tout auripelat
Se à la dinnado
Non à la fivado.

    Yeu vous jure en veritat
Qu'yeu fouy refoulgudo
De cerquà cauque goujat
Que me fiege aïudo.
Lou moulinié ben fenfat,
Quan la refclaufo a manquat,
De l'aigo vezino
Fa faire farino.

    Et de la fon & dau pous

Tiras à tout ouro,
Suyvan lou dire de tous
L'aiguo n'es milhouro.
Non vefez vous un chival
A l'eftable, res non val,
Battez en l'eftrado
Amay de parado.

Eftendez fur lou meftié
Voftre filadoro
Qu'an un an l'ay eftarié
N'a ges de parure
Non cau que lou teyfferan
L'y paffe per lou mitan
Ambé fa courdeto
Un pan de naveto.

Lou canon, fe d'un trelis
Couvert non demoro,
Per bel que fié s'enroüillis
Dedins & de foro.
Non fau que lou gay rafclet
Leu vous tenguo toujours net
E apres la poudro
Batre ben la bourro.

 F I N.

Plus Olei quam vini.

MONTPELLIER 1873

Achevé d'imprimer à Lyon

en MDCCCLXXIV

Par MOUGIN-RUSAND

l'un des imprimeurs

DE LA

Société des Bibliophiles Languedociens

LISTE

PAR ORDRE D'ANCIENNETÉ

DES

MEMBRES DE LA SOCIÉTÉ

DES BIBLIOPHILES LANGUEDOCIENS

———

I. — M. C. COULET, libraire-éditeur de la *Société des Bibliophiles Languedociens*, MEMBRE FONDATEUR, à Montpellier.

    Pour sa bibliothèque particulière : 1 exemplaire sur peau de vélin. — Pour divers clients : 1 exemplaire sur parchemin; 25 exemplaires sur papier de Hollande.

II. — M. DE LA PIJARDIÈRE, archiviste de l'Hérault, MEMBRE FONDATEUR, président de la *Société*, à Montpellier.

    1 Exemplaire sur papier de Chine.

III. — M. I. MIE, propriétaire, MEMBRE FON-DATEUR, à Montpellier.

    1 Exemplaire sur parchemin.

IV. — M. PAUL DU LUC, substitut du procureur de la République, MEMBRE FONDATEUR, à Montpellier.

    1 Exemplaire sur parchemin.

V. — M. E. DEANDREIS, banquier, MEMBRE FONDATEUR, à Montpellier.

    1 Exemplaire sur papier de Hollande.

14*

VI. — M. ROQUES fils, à Montpellier.
1 Exemplaire sur papier de Hollande.

VII. — M. le Marquis DE SAINT-MAURICE,
propriétaire à Montpellier.
1 Exemplaire sur papier de Hollande.

VIII. — M. POUGNY, préfet de la Somme,
MEMBRE FONDATEUR, à Amiens.
1 Exemplaire sur papier de Hollande.

IX. — M. R. GORDON, docteur en médecine,
bibliothécaire-adjoint de la Faculté de Médecine, MEMBRE FONDATEUR, à Montpellier.
1 Exemplaire sur papier de Chine.

X. — M. R. LAURENS, conseiller à la Cour
d'appel, à Montpellier.
1 Exemplaire sur papier de Hollande.

XI. — M. ERNEST PAILHIEZ, à Montpellier.
1 Exemplaire sur papier de Hollande.

XII. — M. FARRAT, docteur en médecine,
MEMBRE FONDATEUR, à Montpellier.
1 Exemplaire sur papier de Chine.

XIII. — M. VAGNAIR, professeur au Lycée
de Bordeaux.
1 Exemplaire sur papier de Hollande.

XIV. — M. ESPITALIER, à Cette.
1 Exemplaire sur papier de Hollande.

XV. — M. CAMILLE LAFORGUE, propriétaire,
à Quarante (Hérault).
1 Exemplaire sur papier de Hollande.

XVI. — M. GEORGES SEGUY fils, étudiant en
médecine, à Montpellier.
1 Exemplaire sur papier de Hollande.

XVII. — Mme STEFANI, à Montpellier.
1 Exemplaire sur papier de Chine.

XVIII. — M. CHANCEL, doyen de la Faculté des Sciences, MEMBRE FONDATEUR, à Montpellier.
1 Exemplaire sur papier de Chine.

XIX. — M. le Baron CHARLES DE TOURTOULON, propriétaire, à Valergues (Hérault).
1 Exemplaire sur papier de Hollande.

XX. — M. GERMA, avoué licencié, à Montpellier.
1 Exemplaire sur papier de Chine.

XXI. — M. RICHARD LION, fondé de pouvoirs du Comptoir d'Alsace, MEMBRE FONDATEUR, à Paris.
1 Exemplaire sur papier de Chine.

XXII. — M. le Baron HUC, propriétaire, MEMBRE FONDATEUR, à Montpellier.
1 Exemplaire sur papier de Chine.

XXIII. — M. ESTOR, docteur en médecine, professeur-agrégé à la Faculté de Médecine, MEMBRE FONDATEUR, à Montpellier.
1 Exemplaire sur papier de Chine.

XXIV. — M. LAFOSSE, docteur en médecine, à Montpellier.
1 Exemplaire sur papier de Hollande.

XXV. — M. FERNAND TROUBAT, à Montpellier.
1 Exemplaire sur papier de Hollande.

XXVI. — M. C. CAVALIER, docteur en médecine, professeur à la Faculté de Médecine, MEMBRE FONDATEUR, à Montpellier.
1 Exemplaire sur papier de Chine.

XXVII. — M. GABRIEL BORT, notaire, à Montpellier.
1 Exemplaire sur papier de Hollande.

XXVIII. — M. J. BÉCHAMP fils, étudiant en médecine, à Montpellier.
1 Exemplaire sur papier de Hollande.

XXIX. — M. ROUCH, ancien bâtonnier de l'Ordre des Avocats, à Montpellier.
1 Exemplaire sur papier de Hollande.

XXX. — M. L. DE LA ROQUE, avocat, à Montpellier.
1 Exemplaire sur papier de Hollande.

XXXI. — M. A.-F. FOUQUES, négociant, MEMBRE FONDATEUR, à Montpellier.
1 Exemplaire sur papier de Chine.

XXXII. — M. A. MARCEL DE LA BAUME, avocat, à Montpellier.
1 Exemplaire sur papier de Hollande.

XXXIII. — M. LOUIS COSTE, notaire, à Quarante (Hérault).
1 Exemplaire sur papier de Hollande.

XXXIV. — M. F. CAZALIS, docteur en médecine, propriétaire, à Montpellier.
1 Exemplaire sur papier de Hollande.

XXXV. — M. CHARLES ROGER, à Montpellier.
1 Exemplaire sur papier de Hollande.

XXXVI. — M. EUGÈNE LISBONNE, avocat, ancien bâtonnier, président du Conseil général & de la Commission départementale de l'Hérault, à Montpellier.
1 Exemplaire sur papier de Hollande.

XXXVII. — M. ALEXANDRE MARTEL, étudiant en médecine, au château de Cassan (Hérault).
1 Exemplaire sur papier de Hollande.

XXXVIII. — Mgr le duc D'AUMALE, membre de l'Académie française & de l'Assemblée nationale, général de division, à Paris.
1 Exemplaire sur peau de vélin.

XXXIX. — M. P. CAZALIS de FONDOUCE, propriétaire, à Montpellier.
   1 Exemplaire sur papier de Hollande.

XL. — M. DOAZAN, propriétaire, MEMBRE FONDATEUR, à Fins (Cher).
   1 Exemplaire sur papier de Chine.

XLI. — M. Stéphane MESTRE, à Lyon.
   1 Exemplaire sur papier de Hollande.

XLII. — M. Louis GRASSET, avocat, à Montpellier.
   1 Exemplaire sur papier de Hollande.

XLIII. — M. Émile CAUVET, avocat, à Narbonne (Aude).
   1 Exemplaire sur papier de Hollande.

XLIV. — M. CARLIER, architecte à Montpellier.
   1 Exemplaire sur papier de Hollande.

XLV. — M. Marius ANTERRIEU, propriétaire, à Gigean (Hérault).
   1 Exemplaire sur papier de Hollande.

XLVI. — M. Albert PERRIER, à Narbonne (Aude).
   1 Exemplaire sur papier de Hollande.

XLVII. — M. le Vicomte René de FORTON, propriétaire, à Montpellier.
   1 Exemplaire sur papier de Hollande.

XLVIII. — MM. BENEZECH frères, libraires, MEMBRES FONDATEURS, à Béziers.
   1 Exemplaire sur papier de Chine.

XLIX. — M. A. CLÉMENT, docteur en médecine, membre du Conseil général, propriétaire, à Frontignan (Hérault).
   1 Exemplaire sur papier de Hollande.

L. — M. BARRAL DE BARET, propriétaire, à Montpellier.
   1 Exemplaire sur papier de Hollande.

LI. — M. ALFRED BLAVY, avoué près la Cour d'appel de Montpellier.
   1 Exemplaire sur papier de Hollande.

LII. — M. MOREL, libraire, à Nantes.
   1 Exemplaire sur papier de Hollande.

LIII. — MM. DULAU and C°, libraires, à Londres.
   2 Exemplaires sur papier de Hollande.

LIV. — M. FRANCISQUE CUZIN, relieur, MEMBRE FONDATEUR, à Paris.
   1 Exemplaire sur papier de Chine.

LV. — M. FABRÈGE, avocat, à Montpellier.
   1 Exemplaire sur papier de Hollande.

LVI. — M. le Maire de CETTE, pour la bibliothèque de la Ville.
   1 Exemplaire sur papier de Hollande.

LVII. — M. DE PARISOT DE LA BOISSE, propriétaire, à Montpellier.
   1 Exemplaire sur papier de Hollande.

LVIII. — M. G. MASSON, libraire-éditeur, président du *Cercle de la librairie*, à Paris.
   1 Exemplaire sur papier de Hollande.

LIX. — M. CHABER, propriétaire, à Montpellier.
   1 Exemplaire sur papier de Hollande.

LX. — M. AUGUSTE FABREGAT, vice-président de la Société archéologique de Béziers.
   1 Exemplaire sur papier de Hollande.

LXI. — M. H. GARIEL, conservateur de la Bibliothèque de la ville, à Grenoble (Isère).
>1 Exemplaire sur papier de Hollande.

LXII. — M. PAUL DE GIRARD, membre du Conseil général de l'Hérault, à Montpellier.
>1 Exemplaire sur papier de Hollande.

LXIII. — M. LAMBERT, professeur de musique, à Montpellier.
>1 Exemplaire sur papier de Hollande.

LXIV. — M. JOSEPH MICHEL, à Montpellier.
>1 Exemplaire sur papier de Hollande.

LXV. — M. l'Abbé OLIVE, à Cette (Hérault).
>1 Exemplaire sur papier de Hollande.

LXVI. — M. A. PLANCHE, docteur en médecine, à Montpellier.
>1 Exemplaire sur papier de Hollande.

LXVII. — M. ROUQUETTE, libraire, à Paris.
>1 Exemplaire sur papier de Hollande.

LXVIII. — M. LEMERRE, libraire, à Paris.
>1 Exemplaire sur papier de Hollande.

LXIX. — M. BAUR, libraire, à Paris
>1 Exemplaire sur papier de Hollande.

LXX. — M. BRUGUIÈRE-FONTENILLE, avocat, à Clermont (Hérault).
>1 Exemplaire sur papier de Hollande.

LXXI. — M. ADOLPHE DUMAS, docteur en médecine, chirurgien adjoint à l'hôpital de Cette (Hérault).
>1 Exemplaire sur papier de Hollande.

LXXII. — M. CASIMIR SÈBE, propriétaire, à Cazouls-lez-Béziers (Hérault).
>1 Exemplaire sur papier de Hollande.

LXXIII. — M. le général DOMERGUE, à Montpellier.

LXXIV. — M. GUILLAUME GUIZOT, directeur du service des cultes non-catholiques au ministère de l'instruction publique et des cultes, à Paris.

LXXV. — M. DOMINIQUE LABIA, à Frontignan.

LXXVI. — M. le docteur DE MARTIN, président de la Commission archéologique de Narbonne (Aude).

LXXVII. — M. CHARLES SAGNIER, négociant, à Nîmes.

LXXVIII. — M. ANTHOUARD, avoué-licentié, au Vigan.

LXXIX. — M. ROUX, vétérinaire, à Lunel-Viel.

LXXX. — M. le docteur CAMBASSÉDÈS, au Vigan (Gard).

LXXXI. — M. le Maire de NARBONNE pour la Bibliothèque de la Ville.

LXXXII. — M. EDWARD ô'BYRNE, au château de S.-Gery, par Rabastens-sur-Tarn.

LXXXIII. — M. HERLUISON, libraire, à Or-
léans.
> 1 Exemplaire sur papier de Hollande.

LXXXIV. — M. PAUL DAFFIS, éditeur-pro-
priétaire de la *Bibliothèque Elzévirienne*, à Paris.
> 1 Exemplaire sur papier de Hollande.

LXXXV. — M. le Maire d'ALAIS, pour la
Bibliothèque de la Ville.
> 1 Exemplaire sur papier de Hollande.

LXXXVI.— M. GASTON CARENET, à Gigean.
> 1 Exemplaire sur papier de Hollande.

LXXXVII. — M. CÉSAR MOURE, à Frontignan.
> 1 Exemplaire sur papier de Hollande.

LXXXVIII. — M. BARBIER, libraire, à
Rouen.
> 1 Exemplaire sur papier de Hollande.

LXXXIX. — M. LOUIS DES HOURS, sous-pré-
fet, à Orange (Vaucluse).
> 1 Exemplaire sur papier de Hollande.

XC. — M. BONNET, docteur en médecine,
à Mézières (Ardennes).
> 1 Exemplaire sur papier de Hollande.

XCI. M. FRANÇOIS ROUVIÈRE, propriétaire,
à Nîmes.
> 1 Exemplaire sur papier de Hollande.

Membre honoraire.

M. PAUL LACROIX (bibliophile JACOB),
conservateur de la Bibliothèque de l'Arsenal,
à Paris.

LIBRAIRE-ÉDITEUR DE LA SOCIÉTÉ.

M. C. COULET, Grand'Rue, 5, à Montpellier.

ARTISTES DESSINATEURS.

M. MARSAL, à Montpellier.

M. PUGENS, à Montpellier.

GRAVEUR DE LA SOCIÉTÉ.

M. DUJARDIN, graveur de la Banque de France, à Paris.

IMPRIMEURS

DE LA COLLECTION DES CENT-QUINZE.

M. D. JOUAUST, à Paris.

M. MOUGIN-RUSAND, à Lyon.

MM. A.-Louis PERRIN et MARINET, à Lyon.

MM. CHENEVIER et CHAVET, à Valence (Drôme).

IMPRIMEUR EN TAILLE-DOUCE.

M. EUDES, imprimeur de la Société des *Aqua-Fortistes*, à Paris.

FABRICANTS DE PAPIERS.

MM. Van GELDER ZONEN, à Amsterdam.

MM. BLANCHET et KLÉBER, à Rives (Isère).

MM. DE LA RUE and Co, à Londres.

MM. FRAMJEE CAMA and Co, à Hong-Kong.

BROCHEUR.

M. MELLINANT, à Montpellier.

CLERC DE LA SOCIÉTE.

M. Jules GUILLARD, à Montpellier.

ENCOURAGEMENTS

OFFICIELS

ACCORDÉS A LA SOCIÉTÉ

DES BIBLIOPHILES LANGUEDOCIENS

Avril 1873. — M. LE PRÉSIDENT DE LA RÉPUBLIQUE transmet à la Société un témoignage de sa satisfaction pour les soins qu'elle apporte à l'exécution de ses travaux.

Juillet 1873. — M. POUGNY, PRÉFET DE L'HÉRAULT, propose en ces termes au Conseil général d'accorder une subvention à la Société : « La *Société des Bibliophiles Languedociens*, fondée récemment à Montpellier, dans le double but de publier les documents historiques ou littéraires relatifs au pays, et de propager le goût des impressions d'art et des beaux livres, a tenu les promesses de ses statuts. Plusieurs d'entre vous ont accordé leur haut patronage à cette Société... »

Août 1873. — LE CONSEIL GÉNÉRAL DU TARN vote une subvention à la Société, sur le rapport de la commission des finances conçu en ces termes : « La commission demande une attribution spéciale, fort peu considérable d'ailleurs, pour l'acquisition des ouvrages et documents historiques relatifs au Midi de la France, réimprimés et publiés par les soins de la *Société des Bibliophiles Langue-dociens*, dont le siége est à Montpellier. Il nous a semblé qu'il y aurait un intérêt considérable à pourvoir notre bibliothèque de livres devenus fort rares, pouvant être consultés avec fruit par les amateurs de belles impressions et de curiosités historiques. » Le crédit est voté et le conseil général autorise l'achat des publications faites par la *Société des Bibliophiles Languedociens*.

Septembre 1873. — Le Conseil général de l'Hérault souscrit à deux collections et vote une subvention à la *Société des Bibliophiles Languedociens*.

Même mois. — Les Conseils généraux de l'Ariège, de l'Aveyron et de la Haute-Loire votent des encouragements à la *Société des Bibliophiles Languedociens*.

Décembre 1873. — Par arrêté du 29 de ce mois, M. le Ministre de l'Instruction publique, des Cultes et des Beaux-Arts souscrit à dix exemplaires de tous les ouvrages parus dans la « Collection des Cent-Quinze » de la *Société des Bibliophiles Languedociens*.

LISTE DES OUVRAGES

En vente chez C. COULET, Libraire - Editeur

DE LA SOCIÉTÉ DES BIBLIOPHILES LANGUEDOCIENS

Grand'rue, 5, à Montpellier.

DISCOURS DE LA GLOIRE DE LA FRANCE, par P. GARIEL, publié d'après le seul exemplaire connu de l'édition de Jacques Roussin (Lyon, 1643), avec une introduction par A. DEVARS.

Tirage : 238 exemplaires, en tout.
Prix : En souscrivant à la collection. . . . . F. 5
— De l'ouvrage séparément 10

L'ENTRÉE A MONTPELLIER, *le 18 juin 1617, de la duchesse de Montmorency,* reproduction textuelle de la première édition, avec une introduction par le comte de SAINT-MAUR.

Tirage : 200 exemplaires, en tout.
Prix : En souscrivant à la collection. . . . . F. 5
— De l'ouvrage séparément 10

LES GOUVERNEURS anciens et modernes de la province de Languedoc, par P. GARIEL, publication de P. SAINCTYON.

Tirage : 242 exemplaires, en tout.
Prix : Sur papier Whatman . . . . F. 15
— Sur papier de Chine. 12
— Sur papier de Hollande 5

UN PROJET GIGANTESQUE. *L'industrie des draps et les Relations de la province de Languedoc avec le Levant au XVIIIᵉ siècle.* Édité d'après le manuscrit inédit, par John SEEKER.

Tirage : 242 exemplaires, en tout
Prix : Les mêmes que ceux de l'ouvrage précédent

REQUÊTE DES ENFANTS A NAITRE *contre les Sages-Femmes du Languedoc*. Facétie du XVIIIe siècle, publiée par Elie FRAISSE.

Tirage : 300 exemplaires, en tout.
Prix : Les mêmes que ceux des ouvrages précédents.

———

MAGUELONE SUPPLIANTE, par P. GARIEL. Réimpression textuelle de la très-rare édition de Montpellier, 1633, publiée par A. DEVARS.

Tirage : 242 exemplaires, en tout.
Prix : Les mêmes que ceux des ouvrages précédents.

———

LIVRET ANNUEL DE 1874. — Mis en distribution le 15 décembre 1873, il contient plusieurs documents relatifs aux ouvrages parus, le fac-simile d'un autographe de Jean Gillet, imprimeur de l'*Entrée de Mme de Montmorency* et fondateur de la typographie à Montpellier, etc., etc.

LA SOCIÉTÉ

DES BIBLIOPHILES LANGUEDOCIENS

A MIS SOUS PRESSE :

Collection des Cent-Quinze, format in-4°.

HISTOIRE DE LA VILLE DE MONTPELLIER, par Charles d'AIGREFEUILLE. Nouvelle édition contenant les additions inédites préparées par l'auteur pour la réimpression de son ouvrage, des preuves extraites des principaux dépôts publics, des notes, une continuation jusqu'en 1790, une table générale des matières par ordre alphabétique, etc., avec des cartes géographiques d'après toutes les planches de l'édition originale, des vues et des plans inédits, etc., etc. Publiée sous la direction de M. DE LA PIJARDIÈRE, archiviste de l'Hérault, bibliothécaire honoraire de la Bibliothèque Sainte-Geneviève.

La nouvelle édition de l'*Histoire de la ville de Montpellier* formera, avec les additions, quatre magnifiques volumes in-4° qui paraîtront chacun en deux parties. Le prix de chaque partie pour les souscripteurs des exemplaires numérotés de 116 à 300, est de 12 fr. 50. A partir du n° 301, le prix sera de 15 fr.

EN VENTE A LA MÊME LIBRAIRIE :

RAPPORT SUR LA DÉCOUVERTE D'UN AUTO-GRAPHE DE MOLIÈRE, par M. de la PIJARDIÈRE, seconde édition, augmentée du fac-simile. Impression de luxe par RICARD frères, de Montpellier.

Prix : Papier vergé de Hollande . . . . 4 fr. 50
— Papier vélin . . . . 2 fr. 25

RAPPORT SUR LES ARCHIVES de l'Hérault, présenté à M. le Préfet par l'archiviste du département, M. de la PIJARDIÈRE, bibliothécaire honoraire de la bibliothèque Sainte-Geneviève.

Pour l'année 1873. Broch. in-4°, tirée à 102 exemplaires. — *Prix :* 3 fr.

Le *Rapport pour l'année 1873* contient une pièce en dialecte languedocien: *Lous estatus & ordonnanços de la confrairio de mousu Sant-Blase* (Vic , 1424.)

L'ORIENT EN LANGUEDOC. Voyage d'un ambassadeur turc sous la Régence. Relation de Méhémet-Effendi, annotée avec de curieux documents inédits, par John SEEKER, de la Société des Bibliophiles languedociens.

Tirage à 215 exemplaires en tout.
Prix : Papier vergé . . . . 5 fr

LES CHRONIQUES DE LANGUEDOC, revue du Midi, historique, bibliographique, littéraire, consacrée à la publication de documents rares ou inédits, sous la direction de M. DE LA PIJARDIÈRE, président de la Société des Bibliophiles Languedociens.

La revue *Les Chroniques de Languedoc* paraît depuis le 5 avril 1874, le 5 et le 20 de chaque mois par numéro de trente-deux colonnes in-4°, dans une couverture. Elle sera terminée, tous les ans, par une table alphabétique des matières.

Prix pour la France :

Un an . . . . 12 fr.   Six mois . . . . 7 fr.

Les abonnements partent du 5 avril et du 5 octobre.

Il est tiré 15 exemplaires sur papier de Chine, au prix annuel de 30 fr. Et quelques exemplaires sur papier de Hollande, au prix de 25 fr.

Envoyer un mandat sur la poste à l'ordre de M. C. Coulet, libraire.

Prime offerte aux Abonnés

Les souscripteurs qui se seront fait inscrire du 5 juillet au 4 octobre 1874 recevront en prime, d'après le mode adopté et aux conditions suivantes, un exemplaire de la réimpression des « PIECES FUGITIVES POUR SERVIR A L'HISTOIRE DE FRANCE » par MENARD et D'AUBAIS, nouvelle édition augmentée conformément aux textes originaux. Cet ouvrage sera imprimé en forme de supplément à la *Revue* à partir du second semestre. * Quelle que soit l'importance de ces deux publications réunies, les conditions de l'abonnement ne seront jamais changées pour les souscripteurs inscrits dans le délai ci-dessus fixé. Pour les autres, les prix seront modifiés à partir du 5 octobre.

CONDITIONS DE L'ABONNEMENT ANNUEL
COMPRENANT
l'envoi franco *des* Chroniques *et de la prime.*

Papier vélin : 16 fr ; — Papier vergé : 32 fr. — Papier de Chine : 40 fr.

* Toutes les personnes qui s'occupent sérieusement de recherches, aux sources mêmes, savent que les trois volumes in-4°, dont se compose cet ouvrage, se vendent aujourd'hui de 150 à 160 fr. La réimpression faite avec le plus grand soin aura une valeur au moins égale. C'est donc une PRIME TOUT-A-FAIT EXCEPTIONNELLE que l'administration des *Chroniques de Languedoc* offre à ses nouveaux souscripteurs. Elle fait ce sacrifice qui représentera une dépense considérable, pour se former dès l'origine un public d'élite, véritablement amateur des belles publications historiques et bibliographiques.

www.ingramcontent.com/pod-product-compliance
Lightning Source LLC
Chambersburg PA
CBHW052006020726
47501CB00004B/1033